第一話　富とふぐ

一

蒸し暑い夏の晩だった。空は曇って風もなく、湿った熱が肌にこもるような

明かりを消してもう休もうかという時刻だった。

家の戸を叩《たた》く者があった。

「おたずねいたします。こちらに絵師の作太郎《さくたろう》先生はいらっしゃいますでしょうか。双鷗画塾《そうおうがじゅく》からまいりました桑《くわ》という者です。お願いがございます。戸を開けていただけませんでしょうか」

お高《たか》が細く戸を開けると女が立っていた。月明かりに照らされた顔は青白く、思い

つめたような顔をしている。

「夜分に申し訳ありません。作太郎先生をたずねてまいりました。お願いの儀がございます。お目にかかって直接お話をしたいのですが」

女は繰り返した。

こんな夜更けにどんな急ぎの用があるのか。お高はいぶかりながら、玄関を入ってすぐの二畳ほどの板の間に招じ入れた。

年は三十の少し手前か。艶《つや》のない長い髪をぐるぐるとねじって髷《まげ》にしている。頬はとがって肌は荒れて白い粉をふいている。着古した黒っぽい木綿の着物には、あちこち墨や絵の具のしみがあった。

「私が作太郎ですが。どういうご用件でしょう」

寝巻の上に羽織をはおった作太郎が向かい合った。

「名を桑と申します。今年の春、試験に受かり、師範代に取り立てられた者です。先日、画塾に残された作太郎先生のお作品を拝見し、深く感銘をいたしました。いえ、そんな月並みな言葉では言い尽くせません。心の深いところに刺さりました。魂を揺り動かされたといってもいいかと思います。息が詰まるような気持ちがいたしました。そして、確信いたしました。私がずっと求めていた絵がここにある。師事するならこの方しかいないと思いました。それから毎日そのお作品をながめているうち、居ても立ってもいられなくなってしまいました。ぜひ、私に絵を教えてくださいませ。お金は払えませんので、代わりに私をお店で働かせていただけないでしょうか。料理屋で仲居をしていたことがあります。洗い物でも掃除でも、なんでもやります」

のどから絞り出すような声だった。

お高と作太郎は顔を見合わせた。

作太郎に絵を習いたい。教授料は〈丸九《まるきゅう》〉で働いて払う。

それを言いに、こんな夜更けにやって来たのか。ずいぶんと勝手な頼みでもある。

「困りましたねぇ。私のどんな絵をご覧になったのか分かりませんが、私はあなたが思うような絵師ではありませんから。絵を教えることもしておりませんし」

作太郎は呆《あき》れた様子で答えた。

「そのようなことをおっしゃらないでください。先生の絵は唯一無二のもの。後世に名を残す方と思います」

「いやいや。双鷗画塾なら双鷗先生はじめ立派な先生がたくさんいらっしゃるではありませんか。技量も志も、私など足元にも及ばない方々ですよ」

作太郎があれこれと伝えてもお桑は引き下がらない。

「とりあえず、今日のところはお戻りください。お話は明日、ゆっくりとうかがいましょう」

おだやかに作太郎が伝えると、お桑は泣きだした。

「もう、もう、画塾には戻りたくありません。あそこは私のいる場所ではないのです」

なるほど、そういうことだったのか。お高が内心合点した。

しかし、見ず知らずの女を泊めるわけにもいかない。丁重にお引き取り願った。

夏の朝は早い。

東の空がまだ暗いうちから小鳥たちが騒ぎだし、空は藍《あい》色から薄青に染まる。明るい日差しが降りそそぐ。

一日千両が動くという河岸《かし》を過ぎ、旅人が行き来してにぎわう日本橋《にほんばし》を渡り、しばらく行けば檜物町《ひものちょう》近辺。どこからともなく三味線の音が響き、芸者や幇間《ほうかん》が行き来する花街である。

その一角に一膳《いちぜん》めし屋丸九がある。

朝昼は一汁二菜に甘味のつく定食だが、夜は二階の座敷で宴会も受ける。

おかみのお高が着いたばかりの魚をさばきながら、昨夜の出来事を話した。三十二になるお高は肩にも腰にも少々肉がついたが、きめの細かい肌はつややかで、黒々とした髪は豊かだ。

「それで、その女はどうしたんです。もちろん追い返したんでしょうね」

長年丸九で働いているお栄《えい》が米を計りながらたずねる。

「とりあえずは帰ってもらったよ。いいと言ってもらえるまで何度でも来るって言ってたけど」

お高の亭主で絵描きの作太郎が答える。〈英《はなぶさ》〉という料理屋の息子だったこともあり、客あしらいはもちろん、厨房《ちゅうぼう》の仕事も好きで得意だ。

「断ってくださいよ。嫌ですよ。そんな、身勝手な女といっしょに働くのは。双鷗画塾の師範代というのは本当なんですか？」

「そうだよなぁ。とりあえず、手が空いたら画塾に行ってその人のことを聞いてくるよ」

作太郎はひじきを煮る手を休めずに答えた。

そんな言葉を交わしているうちに店が開くのを待つお客で入り口のほうが騒がしくなった。花街は夜が長いから朝はゆっくりだと思っていたが、お客は早朝からやって来る。朝まで遊び歩いた旦那衆、それに付き合った芸者や太鼓持ち、花街にもふつうの暮らしはあるから大工や左官などの職人に八百屋に魚屋、さらに北詰近くの店のころからの常連、河岸で働く男たちもすきっ腹を抱えて通ってくる。

「今日はかさごの煮つけにひじきの煮物、豆腐とかぶのみそ汁にぬか漬け、白飯。それに、杏《あんず》の甘煮がつきます」

お近《ちか》の声が響いてきた。

「うちは釣りの魚を使っていますからね、届いたばっかりのかさごを、さばいて煮ています。おいしいですよ」

「知っているよ。さっきからうまそうな匂いばっかりかがされて、まいってんだよ。早く入れてくれよ」

ひとりのお客が言って周囲が笑った。

次々とお客が入ってきて、店はたちまちいっぱいになった。お近が手際よく膳を運ぶ。

かさごは品川《しながわ》の漁師、父親の富蔵《とみぞう》を頭《かしら》に四人の息子たちが今朝がた釣りあげたものだ。さっきまで海の中で泳いでいたのだから、目がぴかぴかと光り、身はよく太って脂がのっている。そんな刺身で食べられるような活《い》きのいい魚を、甘辛いしょうゆのたれでさっと煮つけている。身は白くぷりぷりとしてほどよい弾力がある。皮のほうは甘じょっぱいたれをまとっている。

ひじきは彩りのにんじん、隠し味のあさりのむき身を加えて、塩の香りを逃さないよう、しょうゆとみりんでさっと煮ている。仕上げはぱりぱりに表面を焦がした油揚げで、ほどよく汁を吸って香ばしい。

みそ汁の実はやわらかなかぶと豆腐。するりと胃の腑《ふ》におさまるやさしい味わいだ。お座敷ですまして恋を語っていた旦那や芸者も、おいしいものを前に素直になる。

無心に箸《はし》を進め、目を細める。

その隣では、ひと仕事終えた河岸で働く男たちが、豪快な食べっぷりを見せている。左手でがしりと茶碗《ちゃわん》をつかんだまま、右手の箸でかさごの身をほぐし、器用にご飯とかさごを口に運ぶ。二膳目でひと息ついてみそ汁とひじきに進み、三膳目は皿に残ったかさごの煮汁をご飯にかける。仕上げは杏の甘煮で、ここまできて、やっと満足げな様子になった。

店のほうは騒がしいが、厨房では無駄口をきく者はいない。

厨房ではお高が料理を盛りつけ、お栄がご飯をよそい、みそ汁を注ぐ。その脇で作太郎が新たに魚を煮つけ、伍一《ごいち》が戻ってきた器を洗う。「魚あがったよ」とか「皿をお願い」という言葉が交わされるばかりだ。

こんなふうに朝一番の波が去ると、日はすでに高く昇っている。厨房で手の空いた者から朝餉《あさげ》をとって、やっと人心地がつく。

「じゃあ、とにかく私は画塾に行ってくるから」

少し憂鬱《ゆううつ》そうな様子で作太郎は出かけていった。


昼近くなって前の店からおなじみの惣衛門《そうえもん》、徳兵衛《とくべえ》、お蔦《つた》がやって来た。

三人が奥の席に座るとお近は白い湯気をあげる膳を運んでいった。

「おお、今日はかさごの煮つけかあ。うれしいねぇ。お高ちゃんの煮つけは天下一品だよ」

酒屋の隠居の徳兵衛がうれしそうな声をあげた。煮つけだけではない。あじの干物でも、かれいの姿揚げでも同じように喜んでくれる。

「ぬか漬けの漬かり具合がちょうどいいんですよ。あれは、なかなかない」

かまぼこ屋の隠居で鼻筋の通った役者顔の惣衛門が続ける。時間のかかる大根は朝から、瓜《うり》やなすは昼過ぎというように漬ける時間を変えている。それを惣衛門たちは、ちゃんと分かって味わってくれている。

「あたしは甘味だよ。夏はちょっとすっぱいのが、おいしいんだ」

かつては深川《ふかがわ》芸者で今は端唄《はうた》師匠のお蔦が笑みを浮かべる。ちょっとしたしぐさにも華やぎがある。

箸を進めていた徳兵衛が顔を上げて言った。

「そういや、この前道を歩いていたら易者《えきしゃ》に呼び止められたんだよ。——旦那さん、吉相が出ていますよ。だから、俺、富くじを買おうかと思っているんだ。惣衛門さんもどうだい、いっしょに」

「いえいえ結構。家族が健康でそこそこ商いもうまくいっている。毎日のご飯がおいしい。これで十分。富くじに当たったようなもんですよ」

「まぁ、そうだけどさぁ。富くじってのはわくわくするよ。お近ちゃんは富くじに当たって金持ちになりたいよね」

茶を注ぎにいったお近に徳兵衛がたずねた。

「もちろんですよ。大金持ちになって、毎日、遊んで暮らしたい」

「はは、正直ですねぇ。でも、『当たったら大変という富とふぐ』って言いますからねぇ。たしかお栄さんは以前、富くじを当てたことがありましたよね」

惣衛門が膝を打つ。

「そうだ、そうだ。仲間四人で買ったんだっけ。当たったはいいけど、その後、なんやかやとあったんだよなぁ」

徳兵衛が思い出し、お蔦が含み笑いをする。

男ふたり、女ふたりで買った富くじに少額が当たり、均等に分けた。さて、その使い道である。思いがけない小遣いを手にした男のひとりが女房に内緒で吉原《よしわら》に出かけ、それがばれた。そしてなぜか、お栄が嫌みを言われるはめになったのである。

そもそも、富くじで大当たりをしても、全部が自分のものになるとは限らない。知り合いを招いての宴会に親類縁者からの借金の申し込みとあれこれあって、結局、手元にはたいして残らないものらしい。

そんな三人のやりとりを店の隅で聞いていたのは、幇間の玉七《たましち》だ。

四十半ばのやせた男で、黒っぽい細縞《ほそじま》の着物に博多献上《はかたけんじょう》の帯、ちらりと見える紅色の襦袢《じゅばん》の柄は二匹の猫がからみあって四十八手を見せている色っぽいものだ。

朝方まで客に引き回されてあっちの料理屋、こっちの居酒屋、最後は茶屋の二階の座敷で花札に付き合わされた。

知った顔が来れば飯をおごってもらえるが、今日は自腹になりそうだ。がっかりしていると、箸屋の若旦那の新兵衛《しんべえ》が入ってきた。つるりとした白い顔の新兵衛は惣衛門たちと同席した。

この機を逃してはならないと、玉七は立ち上がった。

「おや、どなたかと思ったら〈箸仙《はしせん》〉の若旦那じゃございませんか。いやですよ。知らんぷりをなさっちゃ。玉七ですよ」

つるつると言葉が出る。しゃべっているうちに力が湧いてきた。幇間魂とでもいうのだろうか。目の前のお客を楽しませるためなら火の中、水の中。ねだって金を出させてこそだ。体をくねらせ、袖《そで》を嚙《か》んだ。

「このごろ、すっかりお見限りだから、あたしゃ、淋《さび》しくってしかたがない。たまにはお声をかけてくださいましよ。玉七は毎晩、新兵衛さんのことを思って枕を涙で濡《ぬ》らしていますよ。唄にもあるでしょ。

〽秋の夜《よ》は長いものとはまん丸な月見ぬ人の心かも
　更けて待てども来ぬ人の訪ずるものは鐘ばかり」

「いや、玉七。私も遊びに出たいのはやまやまなんだけれどね、お袋がうるさいんだよ。まいっちまう」

新兵衛は困った顔になった。

そこで引き下がる玉七ではない。もうひと押し、さらに言葉を重ねる。

あれやこれやのやりとりがあり、結局、玉七の勘定を新兵衛が持つことになり、玉七は礼を言いつつ帰っていった。


丸九は夜明けに店を開けるから、昼の客が引けたところでいったん店を閉める。片づけをしていると、作太郎が戻ってきた。

「ずいぶん時間がかかったようだけれど、どうでした？　双鷗先生にも会ったんですか？」

お高がたずねた。

「うん、先生に会って話もしてきた。お桑さんて人は、たしかにいいものを持っているんだ。絵を見せてもらって驚いた。画塾に来る前に完成している。すごい人だ。人一倍熱心だし。ただね、きついところがあって、なかなか周りとうまくやっていかれないらしい。それで、画塾で師範代までになったのにもめてしまってね。……先生もこのまま絵筆を捨てさせるのは惜しいって言うんだよ」

歯切れが悪い。

「でも、きっちり断ってくださったんでしょう」

お高が重ねて聞く。

「いや、だから丸九でしばらく預かってもらえないかって。たしかにもうひとりいてくれたほうが助かるし……」

「はぁ」

お近が声をあげた。

「嫌ですよ、そんな性格がきつくて、わがままな女。あたしは反対ですよ」

お栄も不満そうな顔になる。

伍一が困った様子でみんなの顔をながめている。

「働くったって住むところはどうするんですか？　給金は払えませんよ。そもそも、そんな大事なことをどうして作太郎さんは、私に相談なく決めてしまうんですか」

お高は気持ちを抑えてたずねた。

丸九はお高の店だ。そのことを忘れられては困る。

「お桑さんは私に絵を習いたいって言っているんだ。だから、とりあえずはそのまま画塾に住んで、丸九の仕事をして、空いた時間に絵を描いて、それを私が見るということで……。ずっとじゃないんだよ。この二、三か月の間なんだ」

お高は黙ってしまった。それでお桑が来ることが決まった。

「まぁ、おかみがいいと言うんなら、あたしはなにも言いませんけどね」

お栄がぶつぶつと文句を言った。

その日は夜も宴会があって一日忙しかったが、お高は心のどこかでずっともやもやしていた。


仕事を終えて家に戻ってからも、その気持ちの悪さは続いていた。きちんと話し合わなくてはと思ったが、なかなか言葉にできなかった。

布団に入ってからはますます目が冴《さ》えてしまった。

だれに対してもはっきりとものを言えるお高なのに、自分のこととなると、つい遠慮してしまう。とくに作太郎に対しては思ったことの八割、いや半分しか言えない。

――なんでも、はいはい言うことを聞くのが、いい女房ってわけじゃないんですよ。譲れないときには、ちゃんと意見をしないとね。

お栄には何度も注意された。お高だって、それぐらいのことは分かっている。だが、結局言いなりになってしまう。

それはお高の弱さだ。

いっしょに暮らして二年が過ぎたが、いまだに、いや、日ごとにお高は作太郎を失うことが怖くなった。檜物町に移り、店がうまくまわりはじめると、その思いはさらに強くなった。

作太郎はお高を好いてくれていると思う。

けれど、お高が作太郎を想う気持ちのほうが、作太郎のお高への気持ちよりずっと大きい。ふたりをつなぐのは、家とか子供とか、そうした世間的なものではなくて、お互いの気持ちだけだ。

それは強いようで案外もろい。なにかの拍子に、ふっと壊れてしまいそうな気がする。

作太郎はもともと、とらえどころのない男だ。育ちがいいからなのか、本来の性格なのか、遮二無二《しゃにむに》頑張るということがない。絵も上手だし、作陶《さくとう》もこなす。物知りで話も面白い。絵描きを名乗り、あちこちの窯元《かまもと》をたずねて食客として逗留《とうりゅう》していた。

気ままな風来坊の暮らしが似合っていたし、お高はそういう作太郎に惚《ほ》れた。

付き合うようになって作太郎のさまざまな事情を知った。けっして気楽なだけの旅ではないことも分かったが、それでも、やっぱり、作太郎の根っこにあるのは、心のままの旅暮らしではあるまいか。

――だから、祝言《しゅうげん》だってなんだって、ちゃんと人並みのことをすればよかったんですよ。妙なところで粋《いき》がって、私たちには必要ないですなんて顔をするから、後で困るんですよ。

お栄の声が聞こえそうな気がする。

粋がったのではない。意地を張ったのだ。

誰に？　もちろん作太郎にだ。

いっしょに暮らすようになったのは、ちょっとしたきっかけだ。

そのころ、作太郎が夜、ふらりとお高をたずねることが何度かあった。

その日も、お高がありあわせのもので料理をし、ふたりで酒を飲んだ。途中で雨が降ってきたので、お高は言った。

――泊まっていけば。

――そうだな。

作太郎は答え、共寝《ともね》した。気軽な調子で誘ったけれど、お高は初めてのことだった。

それに気づいた作太郎は驚いて言った。

――……困ったな。私でよかったのか。

困ったなと言われたことに、お高は少し傷ついた。それは作太郎の本音だったのだと思う。お高が知らないだけで、作太郎には親しくしている女たちが何人かいたのだろう。作太郎のことだ。なにかを約束するわけではなく、女たちも期待することなく、淡い付き合いを重ねていたに違いない。

お高もそのひとりだったとは思いたくない。

だが、作太郎はお高に対しても、長く人生をともに歩く相手だとは考えていなかったのではなかろうか。

そのころ作太郎は、料理屋の英を手放し、双鷗の手伝いをしたりして暮らしをたてていた。だからといって焦るわけでもなく、飄々《ひょうひょう》としていた。

――家族を支えて家長の顔をする自分が考えられない。それでもいいのか。

別の日、改めて作太郎にたずねられた。

――かまわないわ。私には丸九があるもの。作太郎さんのひとりやふたり、好きに暮らさせてあげる。

お高はそう答えてしまったのだ。

勝ち負けで言ったら、惚れているほうが負けだ。以来、お高はずっと負けつづけている。

「お高、起きているか」

隣で静かな声がした。

「起きてます」

「……今日は、勝手にお桑さんのことを決めてしまって申し訳なかったね」

穏やかないつもの作太郎の声だった。温かい手がお高の指を包んだ。

「双鷗先生に言われて断れなかったんでしょう」

「……それもあるけれど、本当にいい絵だったんだ。緻密《ちみつ》で骨太で、細部まで目配りがきいていて、それでいて破綻《はたん》がない。ずっと独学で描いてきて、絵を習うのは画塾に来た二年前からなんだそうだ。そういう人はたいてい癖が抜けなくて伸び悩むものだけれど、お桑さんは違った」

「だから、手を差し伸べたいと？」

「まぁ、そうだな」

「……でも、みんなとうまくやっていけるか、心配だわ。伍一ちゃんとはちがうもの。お栄さんやお近ちゃんと気持ちよく仕事をしたいわ」

「そうだね。そのことはあやまる。……もし、どうしてもうまくいかないようだったら、先生とも相談するから」

本当に気になっているのは、そのことではない。お高は思い切って口にした。

「他人のお世話じゃなくて、ご自分の絵を描いたらいいのに」

作太郎はだまった。沈黙があった。

「……絵を描かない私はつまらないか」

静かな、押し殺したような声だった。

「そんなことはないわ」

お高は言った。けれど、次の言葉が出なかった。

「絵を描いても描かなくても、作太郎さんは作太郎さんだから」

あわてて付け加えた。

しまったと思った。もっと上手なことが言えなかったか。

その言葉は嘘《うそ》ではないけれど、本当でもない。お高は作太郎に絵を描いてもらいたい。せっかくの絵の天分を生かしてもらいたいのだ。

だが、いつからか、作太郎は自分の絵を描かなくなった。伍一といっしょに遊びで描いているけれど、本気にはならないらしい。

「以前、私に茶碗をくださったでしょう。私は大好きです」

「あれは遊びだ」

作太郎は低く笑った。

それがお高には分からない。

料理には本気も遊びもない。簡単な酢の物でも、手間をかけた煮物椀《わん》でも、いつでも精一杯だ。

「遊びは遊びなんだ」

作太郎は言った。

話はいつもそこで終わってしまう。

ならば、いつ本気になるのか。作太郎の本気は残っていないのか。

お高は眠れなかった。


翌朝一番にお桑はやって来た。

木綿の着物は洗いたてで、髪は自分で小さな髷を結っていた。眉間《みけん》にしわをよせ、口を堅く結んでいたが、おとといの夜の激しさは消えていた。

「不束者《ふつつかもの》ですが、よろしくお願いいたします」

殊勝な口ぶりで挨拶《あいさつ》をした。

「こちらこそ。お願いしますね」

お栄やお近、伍一を紹介して仕事にかかってもらった。お桑はなにごとも手早く、きびきびと働いた。店の前を掃き、拭き掃除をし、野菜を洗った。飲み込みが早く、仕事はていねいだった。余分なことはしゃべらない。仕事が終わると、ひとりで絵を描いている。その絵を見せて作太郎に教えを乞う。

作太郎に絵を見てもらうとき、お桑は真剣な様子をしている。時には笑みを浮かべる。双鷗画塾から借りてきたという作太郎の昔の絵を飽きずにながめていることもある。

「そんなに作太郎さんの絵が好きなの？」

お高はたずねた。

「いい絵です。のびのびとして、明るくて見ていて幸せな気持ちになります。これは教わってできることとは違います」

ほら、この色合わせ、それから、この線の豊かさ。

お桑は指で示した。

お高は作太郎の絵を何度も見ている。

好きだし上手だとは思っているけれど、どこがいいのかと聞かれても答えられない。

きちんと言葉にできるお桑がうらやましく、淋しい気持ちがした。

人を寄せつけない感じがしていたお桑が、ぽつり、ぽつりと自分のことを話しだしたのは十日ほども過ぎてからだ。

昼のお客がまばらになって、作太郎と伍一が買い物に出かけ、女四人で茶菓子を食べていたときだ。

「ねぇ、お桑さんって江戸の生まれじゃないよね。どこの人?」

せんべいをかじりながら、お近がたずねた。

「下野《しもつけ》です。いつまでも訛《なま》りが抜けなくて」

恥ずかしそうな顔をした。

「別に気にならないよ。それで、あんまりしゃべらないのかい?」

茶を注ぎながらお栄が言った。

「それもありますけど、もともと、人と付き合うのが苦手で」

「ふうん、それで、絵ばっかり描いていたんだ」

「……まぁ、子供のときから絵を描くのが好きでした。遊ぶというのは絵を描くことで、紙なんかありませんから、地面に砂をまいてその上に描いてました。冬になると草が枯れるから描きやすいんですよ。五歳くらいだったかな、家の前で人だの馬だのを描いていたら通りかかった人が上手だねってほめてくれたんです。それでうれしくなって、次々描いていった。気がついたら自分がどこにいるのか分からなくなってしまった。親が心配して探しに来たことがありましたよ」

作太郎もへじも、伍一も、そのほか双鷗画塾で学ぶ者たちはみな同じようなことを言う。子供のころからただひたすら描いてきたのだ。

「いつかは絵描きで身を立てたいと思っていたの？」

お高はたずねた。

「めっそうもない。絵描きという仕事があることも知りませんでしたよ」

十三で奉公に出て、板橋《いたばし》の料理屋で働きはじめた。たまたま描いた朋輩《ほうばい》の似顔絵が喜ばれて、それからさまざまな人の顔を描いた。田舎《いなか》の両親に送りたいという人もいたし、好きな人の顔を描いてほしいと言われたこともある。特徴をよくつかんで似ていると言われた。

そのうちに、店の主《あるじ》に頼まれて七福神や宝船も描いた。夜は油がもったいないと言われるので、描くのはもっぱら朝か手の空いた午後である。朋輩たちが寝ている間も休まず描いた。描くのは好きだったけれど、眠いのは辛《つら》かった。

ある日、お客から日本橋に有名な画塾があって、そこでは女も絵を学ぶことができる、力があれば絵師にもなれると聞いた。

「自分には関係のない、夢のような話だと思っていました。ちょうど、そのころ、あたしを嫁に欲しいという男が現れました。でも、あたしは、その男がどうしても嫌だったんです」

お桑の眉間にしわがより、口がへの字になった。

「あたしは無愛想で、色も黒いし、骨ばって色気もない。取り柄と言えば体が丈夫なことだけ。その男には寝たきりのおかあさんと脚の悪い弟がいて、その世話をする人が欲しかった。あたしなら文句を言わないと思ったんでしょう」

「ひどい話ねぇ」

お高はつぶやいた。

「でも、本当に嫌だったのは、その男の酒癖が悪くて、酔うと暴れることだったんです」

「ああ、そりゃあだめだ。それだけはやめたほうがいい。そういうのは直らないから」

二番目の亭主が乱暴者で逃げ出したことのあるお栄が声をあげた。

「あたしに日本橋の画塾の話をしてくれたお客さんは茶道具の商いをしている人でした。あたしが描いた七福神の絵を見て、面白いと言ってくれたんです。寝不足で朦朧《もうろう》としながら、夏祭りのおかめひょっとこを描いていたらそのことを思い出した。あたしは天の声が聞こえた気がしました。画塾に入りたいと思いました。画塾に入って絵描きになることを決めました。それからは今まで以上に、絵に夢中になりました。紙があれば紙に、地面にも、壁にも。なにもなければ頭の中で。とにかく、一日中、絵のことを考えていました」

「そのお客さんのひと言で？」

お高は驚いた。お桑の描いた七福神がどのようなものかは分からない。もちろん、それなりの出来だったのだろう。だが、酒の席で仲居に自分が描いたと言われたら、面白いぐらいは言うだろう。そもそも素人《しろうと》と本職では、天と地ほどの差がある。だれでも本職になれるというものではない。だが、真に受けたか。

お桑は店を辞めて日本橋の双鷗画塾をたずねた。

入塾には試験があり、束脩《そくしゅう》（入塾金）や月謝、さらに住み込みなら食費などもかかると知ったが、もはやひるむお桑ではなくなっていた。住み込みの女中として料理や掃除をしながら学ばせてほしいと頼んだ。断られると、塾の前に座り込んだ。

若い娘が朝から座りつづけているのである。さすがに、日が落ちると師範代たちが代わるがわる出てきて「お帰り」いただいた。

七日が過ぎた。

音《ね》をあげたのは双鷗のほうだ。

とりあえず、師範代たちの前で絵を描かせた。

お桑は用意された上等な紙に驚いた様子を見せた。懐から取り出した筆が使い古され、穂先がひどく傷んでいたので師範代たちは笑った。

その師範代たちをひとにらみすると、お桑は大きく息を吸い込み、一気に宝船と七福神を描いた。よくある絵柄だったが、うまくまとまっていた。

筆を見ていちばん笑った男の似顔絵も描いた。男の特徴をよくつかんでいた。

もう、師範代たちは笑わなかった。双鷗は鋭い目でお桑の筆づかいを見つめていた。

そして言った。

――分かった。やるだけやってみなさい。

こうして入塾を許された。

「まぁ、あんたなら、やりかねないか」

お栄がじろりとお桑の顔を見た。

やせてとがったあごの表情のない顔は、一途《いちず》を通り越してふてぶてしさすら感じさせた。

「先生は絵を志す者に男も女もない、だれが描いたかも関係がない、いい絵とそうでない絵があるだけだとおっしゃいます。その言葉はあたしの心の支えでした。あたしは絵のことだけを考えて過ごしました」

双鷗画塾で学びはじめたお桑はめきめきと腕をあげた。

だが、朋輩たちの風当たりも強かった。

お桑が毎回「天」を取るようになると、朋輩たちの洗濯物が増えた。部屋も汚れた。お桑は今まで以上に洗濯や掃除や調理に時間を取られた。文字どおり寝る間を惜しんで精進を重ねた。

「そんな思いまでした画塾なのに、どうして辞めてしまったの？　師範代にまでなったんでしょ」

お近がたずねた。

「この秋、京のある寺で百年に一度という屏風絵《びょうぶえ》の開帳があります。それにともない、屏風絵の修復やいくつかの絵巻物の模写の依頼がありました。先生は五人の弟子を連れて京に向かいます。あたしの得意な細密画も含まれていましたから、お声がかかることを待っていましたが、呼ばれませんでした。あたしは先生に直訴しました。ごいっしょさせてほしい。必ずお役に立てると思いますと。先生は困った顔でおっしゃいました」

――あなたには申し訳ないと思っている。けれど、旅先に若い女性を伴ったとあっては、世間はあれこれと邪推する。心無い批判を受けて傷つくのは、将来のあるあなただ。

「あたしは先生から、そのような言葉を聞くとは思ってもいませんでした。先生は、常日頃から『絵を志す者に男も女もない』とおっしゃっていました。双鷗画塾にはあたしのほかにも女の塾生が何人もいました。先生の言葉に力づけられて学んでいたんです。先生の清廉潔白なお人柄は、双鷗画塾を知る方たちは分かっています。たとえ、つまらない邪推をする人がいたとしても、それは、言ったほうが間違っているのです。女だから連れていけないというのなら髪をおろします。男の着物を着ます。あたしはさまざまにお願いしましたが、先生は受け入れてはくださいませんでした」

お桑は悔しくてしかたないという様子で、強い調子で語った。お栄が呆れ顔でたしなめた。

「それは、あんた、しかたないよ。先生だって困るよ。いくら男の格好をしたって、女だってことは分かるんだから。だいたい宿はどうするんだよ。男のお弟子さんたちと雑魚寝《ざこね》ってわけにはいかないだろ」

「あたしはかまいません」

お栄の言葉にお桑はきっぱりと言い返した。

お桑の気持ちも分からないではない。

双鷗は絵を志す者には男も女もないと常々言っている。その一方で、お桑は女だから京に連れていかれないと断ったのだ。お桑は裏切られたと思っただろう。

だが、実際問題、男ばかりのなかに女がひとり加わったら周囲は困る。宿はどうするのか。そもそも依頼主である寺は女人を受け入れられるのか。

そうしたことに、お桑は思い至らないらしい。

お高は小さくため息をついた。

二

涼やかな風の吹く、気持ちのよい夜だった。

その日の夜の主客は園田善四郎《そのだぜんしろう》。一代で財を成した両国《りょうごく》の油問屋だった。

いつも丸九を贔屓《ひいき》にしてくれている米問屋の主の忠蔵《ちゅうぞう》が一席設けたものだ。

――丸九の噂《うわさ》をどこかで聞いたらしくてね、そんないい店なら行ってみたいと言われたんですよ。とうとう丸九の名は両国まで届いたらしいですよ。やはりねぇ、良きものは地に埋もれないもんなんです。私も鼻が高い。いやいや、気張ることはありませんよ。いつもどおりの〈ふわふわ玉子〉に〈おぼろ大根葛《くず》かけ〉でね。

忠蔵は丸九を紹介するのがうれしくてしかたがないらしい。肉の厚い顔をほころばせた。

ぜひと所望されたふわふわ玉子もおぼろ大根葛かけも、父の九蔵《きゅうぞう》が残した味だ。九蔵は日本橋で名の知れた料理屋だった英の板長をつとめた男で、お高は父から料理を仕込まれた。

ふわふわ玉子はだしに泡立てた卵を浮かべたもので、ふんわりとやわらかく、玉子焼きにはないおいしさがある。おぼろ大根葛かけは大根をすりおろし、白玉粉などをまぜて蒸し、熱々のところに葛あんをかけておろししょうがで食べるものだ。

どちらも味わい深い料理だが、英の売りものは手の込んだ煮物椀や吸い物である。この二品を知るのは相当に通いつめ、「今日はもう疲れたから、白飯に香の物だけでいいよ」などとわがままを言えるようになった客だけだった。

やがて日が暮れ、忠蔵に案内されて園田善四郎が来た。

年は四十半ばか。やせ型でとがった鼻の少々気難しそうな顔つきをしている。黒の着物に小紋の羽織。帯はわずかに朱の入った通人《つうじん》好みの「腹切帯」である。

忠蔵は子持ち縞の着物に黒の羽織。ここに若い新兵衛が加わった。一代で財を成した立志伝中の商人にためになる話を聞かせてもらう、とかなんとか言って家を抜け出してきたのかもしれない。

膳が運ばれ、宴《うたげ》がはじまり、まずは一献というときに、善四郎は懐から盃《さかずき》を取り出した。「自前の盃だ。わしは酒はこの盃で飲むと決めている」

父の九蔵の時代から長くめし屋で客を見てきたが、自前の盃を持ってきた客は初めてである。

お高は盃に目をとめた。

白の薄手のよく見かける姿である。

そこに三角形と赤と黒の細い線が描かれている。線は算術で使う計算用具の算木《さんぎ》を表していた。

「それは善四郎さんのお守りなのですか」

新兵衛がたずねた。

「ああ、そのとおりだ。この盃がわしに運を運んできた。三角形はわしが一番好きなもの。この世でもっとも美しい形だ」

「三角形ですか……」

忠蔵は首を傾《かし》げた。

「三角の内角の和は百八十度と決まっている。直角をはさむ二辺の長さが分かってい
れば、残りの一辺の長さを割り出すことができる。この約束ごとを使うと、複雑な形
の尺や積も調べることができる。とても役に立つんだ」

「はぁ」

忠蔵と新兵衛、その場に居合わせたお高とお近も狐《きつね》につままれたような顔になる。

「はは、そうだなぁ。算術というのは面白いんだが、その面白さが分かりにくいんだ
なぁ。わしは若いころ、算術に熱中したんだ。そのとき仲のよかった友がふたりいた。
わしは三角を美しいといい、もうひとりは円こそ完璧な姿だといい、別のひとりは四
角錐《かくすい》こそ知恵の泉だと主張した。それで三人三様の盃をつくった。算術好きの証《あかし》とし
て算木を添えた」

「なるほど」と新兵衛は答えたが、あまり納得していない顔つきである。

「ともかく商人は算術が大事だ。たとえばある品の値を三割引きにするのと、容量を
三割増しにするのと、どっちが得なのか、ろくに考えずに損をしているやつがたくさ
んいる」

つまり算術の力を生かして善四郎は商いをし、現在の地位を得たのである。

「お仲間のおふたりもお守りの盃のご利益にあずかったわけですかね」

忠蔵がたずねた。

「ひとりは易学《えきがく》を学んで持田《もちだ》青蛾《せいが》と名乗っている。よく当たると評判になって、今は、将軍家にもお出入りしているらしい。易学というのは結局、算術なんだよ。八割の人にあてはまることを言えばいいんだから」

「はぁ、なるほど」

新兵衛はやはり納得はしていない様子で答えた。

「もう、おひと方はなにを？」

忠蔵がたずねた。

「さぁ、どうだろうな。あいつもうまく出世して、どこかで楽しく暮らしているに違いない」

そのとき、入り口のほうが騒がしくなった。

芸者のおぎんと初花《はつはな》がやって来たのだ。

おぎんは二十二で、目尻がきゅっと上がったおきゃんな顔立ち。十七の初花はふっくらとした頰に奥二重の目、ぽってりとした唇をしている。ふたりとも、このあたりの芸者が着る黒の羽織に、裾模様のある渋い色の着物を着ていた。

檜物町あたりの花街は、天保《てんぽう》の改革で深川から流れてきた女たちが集まって生まれたといわれる。男ものの羽織をまとい「羽織芸者」と呼ばれた深川芸者の気風を受け継いで、情に厚く、芸は売っても色は売らない、「意気」と「張り」を自慢にしている。いつものように陽気な三味線の「さわぎ」ではじまり、二曲ほどにぎやかな唄が続き、しっとりとした唄になって初花が踊りを見せている。

お近がふわふわ玉子を運んでいくと、善四郎が「ほう」という顔になった。

「忠蔵さんが言っていたのはこの料理かい」

「そのとおりですよ。食べてみてくださいよ」

さんざんうまいものを食べてきたはずの善四郎が目をとめたので、忠蔵はうれしそうな顔になる。

「おお、やわらかいなぁ。うん、口の中で溶けるようだ。ほうほう、卵だな。このままでもいいけれど、白飯にのせたくなったぞ」

お近はすぐさま階下に降りて、白飯を持って上がった。

善四郎は茶碗の白飯の真ん中に箸で穴を開けた。ふわふわ玉子をくずさないよう、慎重に持ち上げ、のせる。器の汁を上から少しかけると、ご飯がだしの色に染まった。

そこに口をつけてずるずるとすする。

「ああ、うまい。うまい」

満面の笑みである。

「おや、まぁ、旦那。粋な食べ方ですねぇ」

おぎんが目を丸くする。

「わしは小僧あがりだからな。いまだに白飯がごちそうなんだ。いや、えびもうまいよ。平目も好きだ。だけどさぁ、なんといっても白飯だね。脳天に刺さるような気がする。姐《ねえ》さんはどうだい？」

お近にたずねた。

「この店のまかないで、魚を煮た鍋に残った汁を白飯にかけるのが好きです。おいしいですよ」

「はは。正直でよい。さっきの話を聞いていただろ。出世したかったら、金持ちになりたかったら算術を習いなさい」

「算術はさっぱりです。九九だって七の段から先は言えません」

「威張って言うことじゃないぞ。困ったなぁ。そんなことだと男に騙《だま》される」

「大丈夫です。男を見る目はありますから」

「ほう、それは頼もしい」

善四郎はまた機嫌よく笑った。それでお近は言葉が出た。

「あの……、その盃、ちょっとだけ触らせてもらってもいいですか。あたしにもご利益があるように」

「お近ちゃん。お客さまに失礼でしょ。申し訳ありません」

ちょうど部屋に入ってきたお高が驚いて止めたが、善四郎は盃を差し出した。

「よし、よし。気をつけろ。落とすんじゃないぞ」

お近は盃をそっと手の上にのせ、じっと眺め、祈るように頭を下げた。

「お金持ちになれますように」

忠蔵が笑い、新兵衛も続いた。

初花が「あたしも」と言い、おぎんもうなずき、盃はふたりの手を経て、善四郎のもとに戻った。

「あんた、本当に金持ちになりたいのか」

善四郎がお近にたずねた。

「そりゃあ、なりたいですよ。お金が欲しくない人なんていないでしょう」

お近は答えた。

「金が手に入ったらなにを買いたい」

「まずは、おっかさんと住む家。おっかさんには仕事を辞めてのんびりしてもらう」

「ほう、親孝行だ」

「新しい着物を買って髪結いに行き、きれいに化粧して日本橋を歩く」

「なるほど、なるほど。それから？」

「菓子屋に行って最中《もなか》と羊羹《ようかん》と饅頭《まんじゅう》、それからきれいな生菓子を買って、思う存分食べる。そんなふうに毎日、遊んで暮らす」

「そりゃあ、いい、金の使い方だ」

善四郎が楽しげに笑う。

「……よし。気に入った。その盃をお前に売ってやる。価は十両だ。なに、盃があれば金は向こうからやってくる。すぐに返せる。だけど、ひとつ言っておく。成功して金や名誉が手に入ったからといって、幸せになれるとは限らない。幸せは心の問題だからな。世間で言うだろ、『当たったら大変という富とふぐ』って」

「やっぱり、あたしには無理です。それだけの覚悟も度胸もないもの」

お近はあっさり降参した。

襖《ふすま》を閉めて廊下に出るとお桑がいた。酒を運んできたところだったらしい。

階段を降りるとお桑がまじめな顔で言った。

「盃をもらってしまえばよかったのに。金なんてどうにでもなるんだから」

「あれは酒の上の話。本気にするのは野暮だよ」

お近はそう答えて厨房に戻った。

お桑は不満そうな顔でついてくる。

「どれだけ実力があっても、運がなくては世の中に出られないんですよ。いい時に、いい人と出会って物事がいいほうに転がる。あの盃はその運を呼ぶんだと思いますけどね」

「お桑さんはなにがなんでも運をつかんで、世の中に出たいんだ」

「もちろんですよ。双鷗画塾には金持ちもたくさん来ましたから。あたしは金持ち、物持ちっていうのが、どういうものか、あの場所で知ったんです。貧乏ほど、つまらない、嫌なものはないんだってことも」

お近はあらためてお桑の顔を見た。

とがったあごに、奥二重の細い目、薄い唇。最初はなにを考えているのか分からないと思ったけれど、見慣れてくると怒ったり、喜んだり、その時々の気分が読めるようになった。

今のお桑はいらだっている。嫉妬《しっと》している。

どうかしたら、あの盃を奪って逃げそうな目である。

お近ももちろん金が欲しい。金持ちになりたい。檜物町に来てからよけいにそう思うようになった。けれど、お近の気持ちはもっと漠然としたもので、お桑のようにひりひりとした痛みを伴ったものではない。

「なんか、あんたって怖い人だね」

お近は言った。


翌日、昼に近い時刻に三味線と踊りの稽古《けいこ》を終えた初花が、朋輩の金魚《きんぎょ》とともに丸九にやって来た。

「今日はさばのみそ煮に五目おから、ぬか漬け、揚げと大根のみそ汁にご飯、甘味は甘く煮た梅の寒天寄せです」

お近が献立《こんだて》を伝えると、初花はうっとりとした目になった。

「ああ、昨夜から何も食べていないのよ。お腹《なか》がぺこぺこ。ご飯は大盛りでね」

芸者は客の料理には手を付けないから、初花はお座敷の前に置屋で夕餉《ゆうげ》をとる。なじみの客が座敷の後に料理屋に連れていってくれることもあるが、昨夜はまっすぐ置屋に帰った。

夜遅く飲んだり食べたりすると、翌朝、顔がむくむというのがおかあさんの持論で、茶の一杯しか許されない。今朝は早くから三味線と踊りをさらって、ようやく食事になったのだ。

お近は言われたとおりに茶碗に盛り上がるほど高くよそったご飯を持っていく。初花も朋輩も気持ちのよい食欲をみせて食べはじめた。

さばはとろりとしたみその煮汁をまとっていた。脂がのって胴は丸く盛り上がり、目がぴかぴかと光り、青い縞がくっきりと出ているさばをこっくりと煮ている。皮のあたりは味がしっかりついているが、中はかるく火が入っているだけだ。

やわらかな身はしっとりとして、うまみがある。とくにうまいのは骨のまわりの身だから、初花も金魚も指でつまんでしゃぶっている。付け合わせはごぼうと青菜で、こちらも煮汁をほどよくかぶって、ご飯の供になる。

ふたりは大盛りご飯をさらりと食べきり、「あと半分」とご飯をもらって皿に残った煮汁をかけた。黙ったまま競争のように食べていたが、みそ汁を飲み干し、ぬか漬けを食べ終わったときにはようやく人心地ついたのか、最後の甘味はひとさじ、ひとさじ、味わっている。

お近が茶を持っていくと、初花は思い出したように言った。

「そういえば、昨日のお客さんが言ってた占い師、あたし、知っているよ」

「持田青蛾っていう人？」

たずねるお近に金魚が答えた。

「そう。お座敷に呼んでくれるの。青蛾さんも、あれとよく似た丸と算木が描いてある盃を持っているの。ふつうに観《み》てもらうのは紹介がなくちゃだめだし、とっても高いらしいけど、あたしと初花ちゃんなら只《ただ》でいいって言われてるんだ。一度、運勢を観てもらいたいって、ふたりで話をしていたのよ」

「ね、三人で行こうよ。明日は丸九さんは夜の宴会がない日よね」

初花が誘い、話はすぐまとまった。

仕事を終えて午後遅く、お近が待ち合わせの場所に行くと、初花と金魚が待っていた。

「あたしたち、これから髪結いに行くからお近ちゃんも行こ。知り合いのところだから、やってもらえるよ。着物はあたしのを貸すから、そこで着替えればいい」

初花が言った。

青蛾は相手が若い芸者だから只で観てくれる。お近がそのままの姿で行ってもだめだというのだ。

髪結いは慣れたもので手早くお近の髪を島田に結い直し、初花の笄《こうがい》を挿して仕上げた。白粉《おしろい》を塗って紅をさし、初花の着物を借りて鏡をのぞくと別人のようなお近がいた。初花や金魚と並ぶと、少々野暮ったいがこれは致し方ない。

「きれい、きれい。十分よ。今日は近吉《ちかきち》って呼ぶからね」

初花はどんどん話を進める。金魚も隣で喜んでいる。

三人そろって室町《むろまち》にある青蛾の屋敷に向かった。

表通りから入った、奥まった場所に隠れるように青蛾の屋敷がある。石垣で囲まれ、旗本屋敷かと思うような立派さである。

大きな門の前で訪《おとな》うと、下男が出てきた。

「センセはご在宅でいらっしゃいますか。檜物町の初花と金魚、近吉がうかがいましたとお伝えください」

初花が甘い声を出す。

すぐに門が開いて中に通された。

玉砂利を敷いた小道を歩いて玄関に向かう。香をたいた玄関で下男がたずねた。

「どんな用事かね」

「もちろん運勢を観ていただきたいんです。センセにはいつでもおいでと、言われています」

三人を見て下男は渋い顔になったが、奥に取り次ぐとすぐに通してくれた。

長い廊下を歩いて六畳ほどの薄暗い座敷に案内された。茶筅髷《ちゃせんまげ》を結い、神官のような白い着物を着たやせた男が座っていた。

「おお、初花に金魚、よく来てくれたねぇ。待っていたよ。えっと、その子は新顔か」

「はい。近吉ちゃんと言います」

初花の言葉に続けて、お近も「お見知りおきを」と挨拶をする。

「今日は朝からたくさんの人が来てね、この後も、さるお方のお召しがあるんだよ。今、ひと休みをしていたところだ。ちょうど、よかったよ」

相好《そうごう》をくずす。

部屋の奥にはなにか不思議な文字のようなものが書かれた屏風があり、その前の台には大きな水晶玉がおかれ、部屋には香がたかれている。

しばらくあれやこれやとしゃべる。

「それで、今日、三人は運勢を占うということでよいのだね。まず、覚えておいてほしいのは、人には運命と宿命というものがあるということだ。宿命は生まれたときから決まっていて変えることができないが、運命は心がけ次第で良いほうへ転じることができる。たとえば、道に石が転がっているのは宿命だが、避けることもできるわけだ。つまり、私の占いによって、これからなにが起こるか、なにに注意したらいいのか知れば、どう対処すればいいのか分かる」

「はい。よろしくお願いします」

初花が答え、三人で頭を下げた。

「よし、では、まず、金魚から」

「あたし？」

金魚が高い声をあげた。

「そう、お前だ。ここに座りなさい」

青蛾は自分の前に小机をおき、金魚を向かい合うように座らせた。筮竹《ぜいちく》を取り出すと、左手に持ち、真剣な様子でなにやら祈り、一本を抜き出し、脇の筮筒《ぜいとう》に立てた。残っている筮竹を扇のように開いたり、まとめたりしながら何かつぶやいている。

「はぁ」

気合を入れると、おもむろに二本ずつ引き抜き、小机に並べだした。

四組、計八本が小机に並んだ。

青蛾は脇の古そうな本を開き、なにやら紙に書き、また本を開く。

善四郎は占いも算術だと言ったが、なにか計算をしているのだろうか。お近はじっとその手元をながめた。

「金魚の運勢だ。今年は悪くない。だが、本当によくなるのは三年後だ。そのときまでに力を蓄えておくのがよい」

「蓄えるって？」

「三年後に向けて準備をするということだな。稽古に精を出す。金を貯《た》める。まぁ、そういうことだ。今の男と手を切れば、三年先にはもっといい男に会える」

「うーん。やっぱり、そうかぁ」

「熱しやすく、冷めやすいのが金魚の性《しょう》だ。まず、そこを直さないといかんな」

金魚は三人のなかでは一番若い。愛嬌《あいきょう》があってかわいらしいが、先々のことはあまり考えないほうらしい。これぐらいのことなら、お近でも言えそうな気がした。

そう思うのは、占いは八割の人にあてはまることを言えばいいという善四郎の講釈を聞いたからだろうか。

「よし、次は初花だ。こっちに来て、手を見せなさい」

初花は右の手のひらを青蛾の手に預けた。青蛾は初花の白い手をつかみ、指で線をなぞった。左の手もじっくりとながめている。やがて顔を上げると言った。

「右手も左手も『て』の字になっているんだ。これはマスカケ線というんだ。別名天下取りの線。強い力を持っている」

「じゃあ、あたし、日本橋一の芸者になれるかしら」

「なれる、なれる。ただし、そのためには男を選ばないといかんな。向こうの運がお前より強いとぶつかるし、弱いとひっぱられる。売れない役者を亭主にもって、その男を看板役者にするために金に苦労するなんてのは、たいていマスカケ線の女だ」

「うん、初花ちゃんなら、やりそうだ。見かけのいい男が好きだもの」

金魚が手を叩いて、笑った。

「じゃあ、どういう人がいいんですか?」

「金回りがよくて、話のわかる旦那をもつのが一番だ。年はそうだな……、少し離れているぐらいでちょうどいい」

「金回りがよくて、話のわかる旦那?」

「たとえば、私とか……」

青蛾は初花の手をしっかりとつかんだまま、目をのぞきこんだ。

「もう、センセ。だめですよぉ。そういうのはなしです。あたしは、今、だれともそういうつもりはありませんから」

初花は笑って青蛾の手をほどいた。

「はは、冗談だよ」

まんざらでもない顔で青蛾は言った。

お座敷で繰り返されているだろうやりとりを、お近はぼんやりとながめた。

しかし、青蛾の占いは本当に当たるのだろうか。初花が戯作者《げさくしゃ》に惚れて江戸で一番の札差《ふださし》と切れたことは檜物町あたりではみんな知っている。それを踏まえれば、これくらいのことはだれでも言えるのではないだろうか。

「じゃあ、最後は近吉で」

初花が言った。

「うん。そうだな」

青蛾は筮竹を手にすると、いやにあっさり並べだした。手元の本を見るわけでもなく、語った。

「うん、あんたの場合はねぇ、高望みはいけないよ。今ある幸せを大事にしなさい。

近くにあんたを憎からず思っている人がいるのではないかな。そういう人がいたら、大事にするように」

「ええ？　そんな人がいるのぉ」

初花が声をあげ、「いいな、いいな」と金魚もはやしたてる。

「いや、いません。そういう人は全然、いないですよ」

お近はあわてて否定した。

「人にはそれぞれ分というものがある。足るを知るということも大事だ。はい、おしまい」

さっさと筮竹をしまった。

なんだか適当にあしらわれた気がする。

お近が仲居だということは最初から見抜かれていたのかもしれない。

蚊帳《かや》の外、数に入らないというのはこういうことか。

双鷗画塾でのお桑はこんなふうだったのかもしれない。だから、あんなに必死に頑張ったのだ。

なんとなく、そんな気がした。

青蛾のところを出て、檜物町まで三人で帰ってきた。

「三年後かぁ。三年だったら頑張れるかな」

　金魚がつぶやいた。

「そうね。それがいいわよ」

　初花が声をかける。

「着物を誂《あつら》えるのを少し控えて、稽古に精を出す」

「稽古に力を入れるのはいいけど、着飾ることを惜しんだらだめよ。芸者はきれいでなくちゃ。だれかいるでしょ。ご贔屓にねだって買ってもらいなさいよ」

「でも、それって借りをつくることでしょ」

「なに、言っているのよ。それくらいのこと、できなくて、どうするのよ」

　初花と金魚は楽しそうにあれこれとしゃべっていた。それを、遠い国の話のようにお近は聞いていた。

　仲よくしてもらっているけれど、素人と玄人《くろうと》の間には見えない隔たりがある。初花と金魚はお近とは別の世界に生きているのだと思った。

三

お高が家に戻ると、作太郎とお桑と伍一がそれぞれ自分が描いた絵を前に話をしていた。お桑は作太郎に絵を習いたいと言ったが、作太郎は絵を指導する気はなく、ただ三人で好きなものを描き、その後、お互いのものを見せ合うということを繰り返していた。

その日は、日本橋を描いていた。

「お高さん。この絵を見て、どう思う？　素直な気持ちを教えてくれよ」

作太郎に言われてお高は絵をのぞきこんだ。

三人がそれぞれの描き方で行き来する人を描いている。

伍一の絵は端のほうにいる人の着物の柄、荷物まで細かく描き込まれている。急ぎ足の飛脚、子連れの女、商売人、犬も。達者な筆だが、子供らしいかわいらしさも感じる。

お桑の絵を見たとき、まず感じるのは、上手だということだ。繊細に細部まできちんと描き込まれ、まるでその場にいるような気さえする。

作太郎の絵は時間をかけずに描いたのだろう。墨の線でさらっと描いて、色をのせている。橋の形はゆがんで、遠くにいる人は簡略に丸だけで表現されている。

「伍一ちゃんの絵は楽しいです。細かいところを見たくなります。お桑さんはさすがに達者で立派な絵だと思います。作太郎さんは……、のびのびしています」

「さすがお高さん。ちゃんと見ているね。私も同じことを思った」

作太郎がほほえむ。

「いいですねぇ。私も先生みたいに気張らずに描いてみたいです」

お桑は絵を描いているときは作太郎を先生と呼ぶ。

「だれでも、自分が持っていないものに憧れるんだよ。私も昔、仲の良い朋輩たちと絵を描いていたとき、本気で嫉妬していた。こっそり真似《まね》をして描いたこともある」

朋輩とは作太郎の双鷗画塾時代の友人、もへじと亡くなった森三《もりぞう》のことだ。

「先生でもそうだったんですか？」

「もちろんだ。まぁ、そういう時期を経てあきらめる」

「あきらめるんですか？」

お桑が目をみはる。

「真似はどこまでいっても真似だからね。自分にできることは限られている。お桑さんは修復を仕事にしたいのか、絵を売りたいのか、売るなら、どういう絵を売りたいのか、まず考えないといけないな」

「難しいですね」

「ああ、難しい。私などはいまだに迷っている」

作太郎は答えた。

それは本音だろう。双鷗にその才を認められたが、いまだに名を成すことはない。絵描きとして立つことすらかなわない。

そもそも、作太郎に本気があるのか。もへじは片時も絵筆を離さなかったが、作太郎はそうした執着を見せない。

お高もその点に関しては複雑だ。

絵の才を生かしてもらいたい。けれど、実際にそうなったら手の届かないところに行ってしまいそうな気がする。だが、今のままでいいとも思っていない。

伍一やお桑と絵を描いて、作太郎は機嫌がいい。お桑も楽しそうだ。


油問屋の園田善四郎からは、以来ご贔屓《ひいき》をいただいている。

夜の宴だけでなく、昼ごろふらりとひとりで来て昼飯を食べる。かさごの煮つけに目を細め、干ししいたけの含め煮をうまそうに食べる。

いつしか、惣衛門たちとも顔見知りとなった。

「ごいっしょさせていただいてよろしいですか」

そんなひと言があって、仲間に入っている。

その日は子持ちかれいの煮つけに青々とした小松菜のおひたし、なすと油揚げのみそ汁にあずきの甘煮だった。午後も遅い時刻で店には四、五人のお客がいるばかりだった。

「お、俺のかれいは卵が大きい」

徳兵衛が声をあげた。

「そんなことないですよ。どれも同じです。徳兵衛さんのだけ、大きいなんてことありません」

お近が口をとがらせた。

「そうですよ。徳兵衛さん、子供みたいなこと、言わないでくださいよ」

惣衛門がたしなめた。

「だってさぁ、さっきも、そこの通りを歩いていたら、易者に言われたんだよ。——旦那、吉相が出ていますよ。今ですよ。今。

だから、かれいにも福がついているのかと思ってさ」

「しあわせな人だねぇ」

笑いながら、お蔦が自分の膳のかれいに箸を入れる。煮汁にひたったかれいのやわらかな白い身とともに、ぷっくりとした卵が現れた。

「あたしのも大きいよ」

「いや、やっぱり、俺のが大きい」

徳兵衛は譲らない。

「それで、富くじはどうしたんですか」

惣衛門がたずねた。

「うん。まだ考えている。だってさぁ、うっかり当たっちまったら、後が大変じゃねぇか」

「そしたら、丸九で毎日宴会だろうねぇ」

お蔦が軽く受ける。

「それも楽しいけどな」

「運が向いてきたときには、身近な人のためにお金や手間を使ったらどうですかねぇ」

善四郎がさりげなく言葉をはさんだ。

「ほう、なるほど。さすが善四郎さん、いいことを言いますねぇ。そうですよ。徳兵衛さん、自分が得することより、まわりに福を配ることを考えたほうがいいですよ」

惣衛門がうなずく。

「はぁ。なんだよ。分かっているよ。そんなことはさぁ。だけどさぁ、そういうのつまんねぇだろ」

徳兵衛は口をとがらせた。

相変わらずの駄々っ子ぶりである。お蔦はすまして汁をすする。

「じゃあ、今日は私が徳兵衛さんのお株をいただいて、なぞかけをひとつ」

「おや、善四郎さんがきますか」

惣衛門が喜ぶ。

「富くじに当たったときとかけて、お餅《もち》とときます」

「ほう、富くじに当たったときとかけて、お餅ととく。その心は……」

「どちらも、ついて（搗《つ》いて）ます」

「おお、お上手ですなぁ」

惣衛門は喜び、徳兵衛はくさり、お蔦は楽しそうにしている。

そのとき、厨房にいたお桑が善四郎のもとにやって来た。

「油問屋の園田善四郎さんですよね。私はここで働いている桑というものです。下野から絵描きになりたいと出てきました。あなたの運が欲しいんです。自分の力だけでは絵描きにはなれません。例の盃を売っていただけませんか」

まじめな顔で訴えた。

気配に気づいたお高があわてて厨房から出てきた。

「お桑、お客さまになんてことを言うの。申し訳ありません。失礼をいたしました」

「いえ、私は本気です。どうしても、絵描きになりたいんです。なれなかったら生まれてきた意味がありません」

「なんだ？　盃って」

徳兵衛が身を乗り出した。

「いやいや、気持ちは分かりますけれどね。落ち着いてくださいよ」

惣衛門がなだめる。

「なるほど。あんたは運を買おうってわけかい」

お蔦が流し目でお桑を見る。

「盃というのは、このことかい」

善四郎は懐から白い薄手の盃を取り出した。三角形と、赤と黒の線で算木が描かれている。

「はい。先日はたしか十両とおっしゃいました。少しずつ返せばいいと。私にお譲りいただけませんか」

「お桑。いつまでもなにを言っているんですか。あやまりなさい」

腕をつかんで引き戻そうとしたお高を、善四郎が手で制した。

「面白い。あの日のやりとりをお前は聞いていたんだな。わしは言ったよ。

――成功して金や名誉が手に入ったからといって、幸せになれるとは限らない。幸せは心の問題だからな。

お前は不幸せになっても成功したいのか。絵描きとして名を成したいのか」

善四郎はぎょろりとした大きな目玉でお桑をにらみつけるように見た。お桑はひるまず、善四郎をにらみ返した。

厨房からお栄とお近、作太郎、伍一が出てきて、事のなりゆきを見守っている。残っていたお客は口を閉じた。

「よし、じゃあ、わしと賭けをしよう。ここにわしの守り刀がある」

善四郎は懐から五寸（約十五センチ）ほどの短刀を取り出した。錦《にしき》の袋から取り出し、漆塗《うるしぬ》りの鞘《さや》からすらりと抜いた。昼の光を受けて、短刀の刃がぎらりと光った。

「この刀を素手で握ってごらん。血が出なかったら、盃をやろう。動かさなければ大丈夫だ。だが、少しでも揺れたら指が落ちるぞ」

お桑がごくりとつばを飲み込んだのが分かった。顔が白くなった。奥二重の細い目が短刀よりももっと強い光を放っている。

引き寄せられるようにやせた骨ばった右手を差し出した。節の立った指が伸びて短刀に近づいていく。

作太郎がお高に近づいて、だまって見ていろとささやいた。お高はがたがたと震えそうになる体を必死でこらえている。

あと、少しで短刀に触れるというとき、善四郎が言った。

「よし、それでいい。盃はお前にやろう。金はいらん。持っていけ。大事にするんだぞ」

刀をおさめ、盃をお桑に手渡した。

お桑は大事そうに盃を手にすると、目に涙をため、なんども「ありがとうございます」と繰り返した。

「はは、そうか。よかったじゃねぇか。あんたは絵描きになる。善四郎さんは人助けをしたってことだろ」

徳兵衛が人情話に変えた。店にいた者たちはまた、おだやかな気分に戻った。

奥の席にいた幇間の玉七が、気配を消してそっと出ていったことに気づいた者はなかった。

第二話　どくだみの花

一

晴天に入道雲が広がり、強い日差しが降りそそいでいる。

「毎日、暑いねぇ」

「こう暑くっちゃ、いけねぇや」

顔を合わせると、そんな挨拶《あいさつ》を交わしている。

最近の惣衛門、徳兵衛、お蔦の楽しみは五と十のつく日に開かれる夜の席だ。夏の夕暮れ、薄物をさらりと着こなし、汗ひとつ浮かべずにやって来るのは、かつて深川芸者、今は端唄《はうた》師匠のお蔦である。銀髪の二枚目顔の惣衛門は涼しげな白地の着流しがよく似合う。たぬき顔の徳兵衛は汗っかきだから、木綿の着物が汗を吸ってくしゃくしゃになっている。

「だってさぁ、お高ちゃん。檜物町は遠いんだよ。通りをずうっと歩いてこなくちゃならねぇんだ。途中でたいてい知った顔に会うだろ、で、ちょいと立ち話をする。なんだかんだで、来るまでに汗をかいちまうんだよ」

そんな弁解を聞くのも毎度のことだ。

「そんで、今日はなにを食わせてくれるんだい？」

徳兵衛が目を輝かせてたずねた。

「今日は玉子貝焼きにれんこんとごぼうの煮物、青菜のおひたしに汁、ご飯、香の物、甘味に白玉がつきます」

そばにいたお近が答えた。

「玉子貝焼きですか。豪勢ですね」

「いい日に来たねぇ」

「あれは、俺の好物なんだ」

惣衛門、お蔦、徳兵衛が口々に言った。

玉子貝焼きは、汁がもれないように詰め物をしたあわびの貝殻に、細切りにしたあわび、えび、あさり、しいたけ、きくらげ、三つ葉などをのせ、しょうゆ、みりんで調味しただしをはり、溶き卵をかけて焼いたものだ。

卵が半熟ほどに固まった熱々のところで火からおろし、客のところに持っていく。三つ葉の緑、えびの赤、卵の黄と彩りも華やかで、さじですくうと、とろりと卵が具にからむ。いただくお代もほどほどなのであわびのほうはたっぷりとはいかないが、それでも、やはりあわびは貝の将である。しっとりとして、ほどよい歯ごたえ、独特の味わいがある。少し入るだけで、料理の格が上がる気がする。

この日はもうひとつ、とびっきりのものがある。あわびのわた和《あ》え。玉子貝焼きのときにはずしたあわびのわたを、あぶった赤みそに酢を加えた衣で和えたものだ。

「ほんのひと口ですけれど」

お高が小皿にのせて持っていくと、惣衛門は相好《そうごう》をくずした。あわびのわたはねっとりとして、ほろ苦く、酢みその衣がうまさを引き立てる。箸《はし》の先でつまんで舌にのせると、濃厚な味わいが口に広がり、鼻に抜ける。

「ほう。これはうれしい。いい香りですよ」

「お高ちゃん。こんなうまいもの出して、だめだよぉ。また酒が進んじまうじゃないか」

徳兵衛は大げさに肩を震わせる。

しばし三人は口をつぐみ、料理と酒を味わっている。

夏の遅い夕暮れに誘われるように、お客たちが増えてきた。幇間《ほうかん》の玉七がお客とともに入ってきて奥の席に座った。

徳兵衛がふと顔を上げた。

「あれ？　あわびとこぶしって、どこが違うんだ？」

「いやですよ。徳兵衛さん、今ごろ。あわびとこぶしは貝の穴の数が違うんですよ。あわびはせいぜい六個だけれど、とこぶしはもっと多い。それから、とこぶしのほうが小さいし、味はあわびのほうがおいしい。このなんともいえない歯ごたえはやっぱりあわびですよ」

お蔦の言葉に徳兵衛はうなずいた。

「ふうん。そういうもんか。とこぶしは、頑張って大きく育っても、あわびにはなれねぇのか。なんだか、切ないねぇ」

「人には分というものがありますからねぇ。上を向いて望んでも、あんまりいいことはないんですよ。気張って店を大きくして一時はいいけれど、それから後、苦労したなんていうのをさんざん見てきたじゃないですか」

惣衛門がしみじみとした言い方をした。

「そういや、そうだ。そこへいくと、うちなんか立派だねぇ。商いを大きくしようなんて気持ちはこれっぽっちもねぇから。十年一日《いちじつ》、変わりない」

「それは、あんたの手柄じゃなくて、おかみさんが偉いんだよ」

お蔦が呆《あき》れた顔になった。

おっちょこちょいでお人よし、酒好き話し好きの徳兵衛が、人も多いがその分浮き沈みも激しい日本橋で長年酒屋を営んでこられたのは、しっかり者の女房のお清《きよ》がいたからだというのは、もっぱらの噂《うわさ》。そのおかみに頼りきっていることを、自分でも分かっている徳兵衛である。

「お、ひとつ、浮かびましたよ」

赤い顔で言った。どうやら、得意のなぞかけが浮かんだらしい。

「愛《いと》しい人ができたあわびとかけまして、重い荷物を背負った人とときます」

「ほうほう、愛しい人ができたあわびとかけて、重い荷物を背負った人ととく。その心は……」

「その心は片想い（肩重い）でしょう」

店のあちこちから笑いがおこる。

「いやいや、旦那、ご立派、ご立派。玉七も参りました。勉強し直してまいります」

幇間の玉七が立ち上がり、大げさにほめたので、徳兵衛はすっかり気分がよくなったようだ。頬を染めて常にも増して楽しそうにした。

玉七の隣には身なりのよい男が座っている。これから玉七を連れ回そうという客で、ふたりとも腹ごしらえにやって来たのだ。

厨房《ちゅうぼう》の手が空くころになると、伍一は作太郎に絵を見せに行く。このごろの伍一は、もへじに倣って紙と矢立てを持ち歩き、目に入ったものを絵にしている。きっちりと端から端まで描かなければ気がすまない伍一だったから、わずかな時間で描きあげることに苦労をしていたが、このごろはコツをつかんだのか、なにか気づいたのか、手早く描くようになった。

「ほうほう、よく描けたなぁ。この調子、この調子」

作太郎がほめる。背中からのぞきこんだお栄が声をあげた。

「お高さんですか？　いやぁ、そっくりじゃないですかぁ。おかみの貫禄《かんろく》が伝わってきますよ」

「あら、私？」

近づいてながめると、鍋《なべ》を持った女の後ろ姿がいくつも描かれていた。その背中の立派なこと、腕の太いこと。

「違うわよ。こんなじゃないわよ」

思わず叫んだが、作太郎とお栄の目が「いやいや、このとおりですよ」と語っている。やって来たお近は遠慮なく笑いだした。

「すごいねぇ。ほんと、見たまんまだ」

「いやだわ」

お高はむくれた。

そういえば、以前にも同じようなことがあった。作太郎やお栄、お近と向島《むこうじま》に行ったとき、もへじが知らないうちにお高の後ろ姿を描いたのだ。そのときも、自分の大きな尻に仰天した。

「伍一ちゃん。私のことは、もう描かなくていいから。描くんだったら、別の人にしなさい。ね、約束よ」

お高が少しきつい調子で言うと、伍一は困った顔でうなずいた。

もともと上背があり骨太の体つきだったが、年とともに肉がついた。自分では、毎日よく動いているから、これくらいはしかたないと思っていたが、いくらなんでも堂々としすぎている。柳腰どころか、樫《かし》の大木だ。

悲しい顔になっていたのかもしれない。作太郎が言った。

「いいじゃないですか。これがお高さんだよ。みんなが安心してよりかかれる」

「そうですよ。おいしいものを食べているって見本なんだから」

お栄が言う。

「お高さんらしくて、いいよ」

お近も続ける。そこまで言われて、やっとお高は納得した。

ふと厨房の隅に目をやると、お桑の背中が見えた。みんなが集まってわいわいとしゃべっていたのに、ひとり、我関せずというふうに座っている。

ひとりでいるのが好きで、それが居心地いいという人もいるのだから、気にしないほうがいいとお栄に言われたが、なんとなく気になってしまうお高である。

例の盃《さかずき》を手に入れて以来、お桑はなおいっそう絵に力を入れているらしい。らしいというのは、伍一のように分かりやすい取り組み方ではないからだ。以前は、作太郎、伍一、お桑の三人で連れ立って絵を描きに行っていたが、最近は加わらなくなった。ひとりで描くことにしたらしい。

手の空いた時間には、いつもひとり離れてなにかを描いたり、考えたりしている。

お高たちの話の輪に入ることもなく、たまにだれかが話しかけても返事をしないことすらある。作太郎とすら、あまり話さない。

お桑のいる場所だけが、切り離されているような感じだ。


店を閉めて家に戻ってからも、作太郎は伍一の絵を広げ、ながめていた。お高だけでなく、お近やお栄、お桑、作太郎を描いたものもあった。どれもよく特徴をつかんでいる。作太郎の首の傾《かし》げ方、お栄の丸い背中、お近の細い手首、お桑の少しあがった右肩。まったく、そのとおりである。

——やっぱり、私の背中はああなのか。

残念だが、お高も認めざるをえない。

ため息をついたのが作太郎に聞こえてしまったらしい。

「なんだ、まだ、さっきのこと、気にしているのか」

目が笑っている。

「いいのよ。もう、気にしていません。これが私です」

お高は口をとがらせた。作太郎は絵に目を落とした。

「しかし、それにしても伍一の絵は面白いなぁ。あいつの絵には邪気がない。上手に描こうとか、ほめられたいとかそういう気持ちがないんだ。まっすぐに目に映ったものを描いている。そういう意味では子供の絵だ。だけど、ある年齢になると、そんなふうに心のままには描けないものなんだよ」

「そういうものなの？」

「そうさ。伍一の絵はたとえれば、野の草のようなものだな。春になると芽を出して花をつける。あるがまま。だから気持ちがいい。このまま、素直に精進してもらいたい。そう思わないか」

「でも、このまんまでいいの？　だって絵描きさんになれるか分からないんでしょ。今のうちに、なにか手に職をつけることを考えたほうがいいのじゃないかしら。いつまでも、丸九を手伝ってもらっていても……」

「行く末が心配か？」

「そうよ。年ごろになったらお嫁さんをもらったり……、いろいろあるでしょ」

「心配性だなぁ。そんな先々のことをあれこれ考えてもしかたがないよ。伍一は絵に夢中だ。丸九のことも好きで、働くのは楽しいって言っている。ほかになにがある？」

「そうだけど……」

「私もそうだ。お高さんは違うのか？　いいんだよ。このまんまで」

抱き寄せられると、作太郎の目がすぐそばにあった。笑うと目尻にしわがよる。それは年とってできるしわではなくて、穏やかでやさしげなものだった。

作太郎の腕は長くてお高はすっぽりと包まれてしまう。その温かさはお高の中のごろごろしたもの、とげとげしたものを溶かしてしまう。作太郎と暮らすようになって、お高は自分がひとりでなにもかも抱えようとしていたことに気づいた。肩ひじを張って足を踏ん張って、丸九やお栄やお近の暮らしを守ろうとしていた。

しゃかりきになって働く毎日は楽しく、やりがいのある日々ではあったけれど。

青臭いような作太郎の匂いに浸りながら、お高は自分のいる場所を見つけたような心持ちになる。本当のことをいえば、今の丸九はお栄やお近に無理をさせている。忙しいわりに金にはならず、作太郎は相変わらず絵師の仕事がなく、伍一やお桑まで抱えてしまったことなど、気になることはたくさんある。だが、今はそれらを心配することはない。

雨風も自分たちを避けていくような気がする。

いいんだ、これでいい。

「なにか言ったかい」

作太郎がたずねた。

「ううん。幸せだなって思って」

はは。

作太郎の低くくぐもったような笑い声が聞こえた。

二

昼のお客が帰っていったん、店を閉めようかというときだった。身なりのよい五十がらみの男がたずねてきた。

「こちらに作太郎さんという絵師の方がいらっしゃるとうかがったのですが。私は人形町《ぎょうちょう》で村上《むらかみ》座という芝居小屋をやっている、吟十郎《ぎんじゅうろう》です。ひとつ、お願いしたいことがござんしてね」

「作太郎はこちらですので、どうぞお入りください」

お高は招じ入れた。

面長で大きなかぎ鼻、鋭い目をしていた。團十郎茶《だんじゅうろうちゃ》の格子の着物に青の子持ち縞《じま》の長羽織、帯は柿色。しゃれ者の多いこの界隈《かいわい》でも、目に立つ粋《いき》な装いである。

店の小上がりに座ると、作太郎を前に吟十郎は語りだした。

「以前、芸妓《げいぎ》の初花の帯をこちらで描かれたと聞いたものですからね。あれは、面白かった。なんというかね、心をつかまれた感じがしましたよ」

初花が一本、つまり見習いから芸者になるというお披露目《ひろめ》のための帯を作太郎が描いたのである。白の塩瀬《しおぜ》の地に暗い緑や青で流れるような異国の葉が茂り、あでやかな孔雀《くじやく》の羽根が舞っているものだ。

それは負けん気が強く、度胸もある初花にふさわしいものになった。

「秋に新しい芝居をかけます。まぁ、自分で言うのもなんですが、相当に面白い。役者もいいし、台本《ほん》もいい。衣装も思い切ったものをお願いしたいと思っているんですよ」

「ほう。どんな内容なんですか」

作太郎の目が輝いた。

「さる山中に木こりの親父《おやじ》と娘と幼い息子がひっそりと住んでいる。木こりは山中で出会った母子を助けて、身内として暮らしているんですがね、じつは、この息子というのが奥州平泉《おうしゆうひらいずみ》で最期をとげたといわれる源 義経《みなもとのよしつね》の息子千歳丸《ちとせまる》、後の名を経若《つねわか》。母親と思われたのは藤原秀衡《ふじわらのひでひら》の腰元お槌《つち》なんです。ひそかに逃げ出し、時を待っていたのですが、ひょんなことから正体を知られ、追手がやって来る」

吟十郎は言葉に力をこめた。

「お槌は武芸者でもあるのですが多勢に無勢、だんだんと追い詰められていく。そのとき、ただの木こりであったと思われる男がお槌の味方となる。じつは、この男、義経の家来衆のうち、ただひとり生き残ったといわれる常陸坊海尊《ひたちぼうかいそん》だったのです。お槌は自分が盾となり、常陸坊海尊に千歳丸を託そうとします」

「なるほど、派手な戦いの場面となるわけですな」

「お槌は土蜘蛛《つちぐも》の妖術を持っていましてね、白い糸をぱあっと投げる。敵はその糸にからめとられると手も足も出ないわけです。奥州平泉は山深い地ですから、そうした摩訶《まか》不思議な技を身につけた者がいるんですね」

見てきたかのように吟十郎は断言する。

「そうすると、そのお槌はぱっと姿を消したと思うと、花道のすっぽんから姿を現したりするわけですか」

「おお、さすが、話が早い。そうなんですよ。お槌を演じる役者は若手の女形《おやま》で姿もいいが、身も軽い。すっと舞台を横切って屋根に駆け上り、そこからひらりと飛び降りる。そのときは、帯を縦に結んだ華やかな腰元のいでたちなのですが、早変わりしてすっぽんから出てくると、もう、このときは土蜘蛛なんですよ」

「いやぁ、面白い。話だけでもその場面が目に浮かぶ」

作太郎は膝を打った。山中の侘《わ》び住まいだから腰元の姿はおかしいなどという野暮は言わない。あくまでお芝居なのである。

「お願いしたいのは、この土蜘蛛の装束《しょうぞく》なんです。お槌は栄華をきわめた藤原氏の腰元であり、千歳丸を育てた母親の顔もある。ただの恐ろしい土蜘蛛じゃあないんですよ。それを、お客にも分からせたい。どうしたらいいのかとあれこれ悩んでおりましたら、ふと、あの初花の帯が浮かんだ。あの娘については、あれこれと耳にしています。どうやら、姿がいいだけの若い芸妓ではないらしい。それを見事に表しているのが、あの帯だ。描いたのは双鷗《そうおう》画塾《がじゅく》で学んだ絵師の方だというじゃないですか。それで合点がいきました」

作太郎は困った顔になった。

「いやいや、そんなにほめていただくと申し訳ない。孔雀がいいと言ったのは初花ですよ。しかし、孔雀は蛇も食うというくらいで、顔も怖いし、爪も鋭い。初花さんのかわいらしさにはそぐわない。それなら、きれいな羽根だけにしようと思ったわけでね」

お高が新しい茶を持っていくと、ふたりはあれこれと芝居について語っていた。歌舞伎はもちろん、浄瑠璃《じょうるり》や能狂言、落語までひととおり見てきている作太郎には、いろいろと思うところがあるらしい。

「絵柄で見せるのもいいけれど、舞台なのだから、色と形の面白さを出したほうがいいんじゃないですか。連獅子《れんじし》みたいな白い蜘蛛のかぶりものはどうですか」

「ほう。それは、面白い。そうなんですよ。役者が舞台に出てきたときに、とにかく驚かせたい、喜ばせたい。それが、芝居をする者の冥利《みょうり》っていいますかね」

義経の忘れ形見、大切に守り育ててきた千歳丸との別れの場面で客の涙を誘い、勇壮な戦いを経て、ついに力尽き、捕らえられるという見せ場満載の舞台である。

「お槌は忠義の臣下ではあるのですが、可憐《かれん》な色気、土蜘蛛の技を使う妖気も漂うんですよ」

「とすると、刀を受けて白い着物の肩が落ちると、赤や翡翠《ひすい》色、紫の縫い取りをした襦袢《じゅばん》が見えるとか」

「おお、いいですなぁ」

ふたりは渋茶を飲みながら、すでに舞台が目の前に見えているように語り合っている。

どうやらいい話になりそうなので、厨房にいるお高もうれしい。

吟十郎を見送って厨房に戻ってきた作太郎が言った。

「一度、芝居を観《み》ておこうと思うんだ。吟十郎さんが席を用意してくれるというから、みんなで行かないか」

「あたしたちもいいの？」

お近がまっさきに声をあげた。


芝居を観に行くときは、おしゃれをするものである。昔からそう決まっていると、お栄とお近は張り切りだした。

「お高さん、着物がありましたかねぇ」

「おっかさんにもらった藍《あい》色の麻模様じゃだめかしら」

「あれは地味ですよ。後ろのほうの立ち見ならともかく、平土間でしょう。みんないい着物を着てますよ」

「芝居を観に行くので、着物を見せに行くわけじゃないわ」

「祝言のお披露目のときも、ふつうの着物だったよ。こういうときに、きれいなものを着なかったら、着る時がないよ」

お近も口をとがらせる。

「別にいつもどおりでいいんじゃないの？　だれも見ないわよ」

「見ますよ、作太郎さんが。あのね、作太郎さんは贅沢《ぜいたく》に育った人で、絵描きさんで、きれいなものが大好きなんです。着飾った人のなかでしょぼくれた女房を見たらがっかりしますよ」

自分こそ着たきり雀《すずめ》のくせに、お栄は声を高くしてお高をけしかける。お栄は、ふだんからお高が身なりにかまわないことを気にしていたらしいのだ。

お栄はかつての朋輩《ほうばい》で、今は雁右衛門《がんえもん》という裕福な隠居の後添いとなったおりきに相談をした。おりきは体にいいという触れ込みの「銀糸梅《ぎんしばい》」でお高たちに迷惑をかけたばかりだったこともあり、すぐになじみの呉服屋、常葉屋《つねはや》に話を持っていった。若いお近も、そういうことなら、すぐに話にのってくる。

呉服屋が来るというので、お高、お栄、お近の三人は日本橋のおりきの住まいに向かった。

黒塀に見越しの松のある雁右衛門の屋敷は入り口こそ簡素だが、玄関を入ると中は部屋がいくつもあって、ゆったりとした造りである。坪庭の見える明るい八畳の座敷に行くと常葉屋の手代が待っていた。

「お初にお目にかかります。おりきさまからお話をうかがいました。芝居見物にお出かけになるとか。お三人にお似合いになりそうなものを見つくろってまいりました」

「へぇ、三人？　あたしはいいのに」

お栄が驚いて声をあげた。

「あんた、その着物で村上座に行くつもり？　木戸番に断られるよ」

「そんなにひどくはないよ」

おりきに笑われて、ついお栄の声も高くなる。

「まぁまぁ、ふたりとも」

お高がなだめ役になった。

「いや、お話をうかがって主《あるじ》とも相談しました。じつは、手前どもにはさまざまな事情で手元においている着物があるんでございますよ。ほんの一か所、糸がほつれてしまって売り物にならなくなった、色柄がお気に召さず返された……。そういうものをいくつかお持ちいたしましたので、お気に召していただけたら、こちらも助かります」

一度でも客が袖を通したら新品とは言えない。売り物にはならないが、名のある店だから古着屋におろしたくもない。そうした、よそに出さない着物や帯を持ってきたというのだから、鴈右衛門とおりきはよほど特別な客なのであろう。寸法が合って顔映りがよければ、お買い得ということだ。

常葉屋は四人の目の前に次々と着物を広げはじめた。江戸小紋に友禅染《ゆうぜんぞ》め、結城紬《ゆうきつむぎ》と色とりどりの着物や帯が座敷に広げられた。

「まぁ」

華やかな着物や帯を見れば、お高の心も動く。

「わぁ。すごい上等なものばかり。ねぇ、これ、あたしでも買えるの？」

お近は目をみはる。

「へぇ、眼福《がんぷく》だねぇ」

お栄もため息をつく。

三人はしばしながめていたが、常葉屋の値を聞いて俄然《がぜん》、気持ちが前に進む。その様子をながめていたおりきがぐいと背中を押した。

「お高さん、これなんか、いいんじゃないの。帯はこれで」

おりきが手にしたのは、あでやかな翡翠色の夏着物と朱の入った帯である。

「派手ですよ。恥ずかしい」

「そんなことはないわよ。あなたは上背があるし、肌がきれいなんだから、こういう色が映えるわ」

おりきが言えば、お栄とお近も「そのとおり」とうなずく。

「あたしは、これがいいかなぁ」

若いお近は黒にとび色と黄の縞が入った着物を顔にあてた。

「あら、少し地味じゃないの」

お高が言ったが、常葉屋の手代もおりきもほめた。渋い色味がお近の若さを引き立てるようだった。

お栄はあれこれ迷い、灰紫の着物を選んだ。

「お桑さんはどうしようかしら」

お高が首を傾げた。お桑にも声をかけたのだが、絵を描きたいからと断られた。

「あの人は、あのままでいいんじゃないですか」

お栄が硬い声を出した。

「そうだよ。あの人はあたしたちとは違うもの。そんなお金があったら絵の具を買うと言うわよ」

お近も口をとがらせた。せっかくだから、ふたりの着物の代も持つと言ったお高に、お栄とお近は自分の分は自分でと言いだした。となると、お桑にだけ用意するわけにもいかない。

「そうねぇ。じゃあ、そういうことで」

お高はあきらめた。

三人はそれぞれの着物を手にして丸九に戻った。

芝居を観に行くために新しい着物を用意したと言うと、作太郎はうれしそうな顔をした。

「そうだなぁ。いい機会だよ。うちの美人さんたちも、たまにはおめかししないとね」

それを見たお栄が「ほら、ごらんなさい」というように目くばせをした。

着物のお代はどこから出たのか、そんなことを微塵《みじん》も考えていない様子である。

お高はちらりと厨房の隅に背を向けて座っているお桑を見た。

長い髪を団子にまとめ、堅い木綿の藍色の着物を着ている。

やっぱり、なにか買ってあげればよかったと思った。

その日は早めに店を閉め、お高たちはそろって人形町の村上座に向かった。

前日に髪結いを頼み、薄化粧をして新しい着物に袖を通した。派手で恥ずかしいと思った翡翠色の着物だが、白粉《おしろい》を刷き紅をのせるとしっくりとなった。

作太郎は薄茶の子持ち縞の夏着物である。英《はなぶさ》を閉めた後、たくさん持っていた着物は売った。最後まで残した一枚だ。作太郎をすっきりと涼しげに見せていた。

作太郎を先頭にお高とお栄、お近、お桑、伍一の六人が連れ立って行く。子供の伍一も洗いたての着物に着替えたのに、お桑だけがいつもの仕事着である。お桑がそれでいいと言ったのだが、お高はなんだか居心地が悪い。

村上座は瓦ぶきの屋根にやぐらをのせた立派な芝居小屋だった。出し物は『東海道《とうかいどう》四谷《よつや》怪談』で、大看板には顔の半分がはれあがり、恨めしげに立つお岩《いわ》とそれを見て驚く伊右衛門《いえもん》が描かれている。脇には黒々と役者の名前を書いた看板があった。

ねずみ木戸をくぐって中に入ると正面が舞台で、両側に畳を敷いた桟敷《さじき》席、中央は数人ずつ座れるように区切った平土間である。すでにお客がかなり入っている。華やかな桟敷席の女たちが目に入った。

お高たちは真ん中あたりの花道に近い席に座った。

「やっぱり、いい着物で来てよかったですね」

お栄がささやいた。

「うん、芝居を観るっていうのは、こういうことなんだね」

お近もつぶやく。

実のところ、お高もお栄もお近も、もちろん伍一も芝居を観るのは初めてである。お高は寄席《よせ》に行ったことがあるだけで、お栄たちはそれすらもない。伍一も、着物を汚したらいけないと、今日ばかりはいつも持ち歩いている矢立てを置いてきている。

「しっかり覚えて帰るんだ」

なにひとつ見落とすまいというように、あたりを見回している。それに負けない眼《め》力《ぢから》で座っているのがお桑である。

作太郎が弁当を買ってきた。中は握り飯とかまぼこ、玉子焼き、焼き豆腐とこんにゃく、かんぴょうの煮物が入っている。

「あら、お弁当？」

これぐらいのものなら、店にあったのに。そういう気持ちがお高の声に出た。

「たまにはだれかのつくった弁当もいいだろう。菓子、弁当、すしを略して『かべす』って言うんだ。芝居小屋に来たら、これを買うのが決まりなんだよ」

せっかくの芝居見物なのだ、楽しまなくては。作太郎はそんな顔をしていた。

『四谷怪談』は戯作者、四世鶴屋《つるや》南北《なんぼく》の作。人気の演目である。

お岩の亭主、民谷《たみや》伊右衛門は二枚目の色男だが、自分勝手で残忍な性分だ。裕福な伊藤家の婿となるために、邪魔になった女房のお岩に毒を盛って殺してしまう。

毒薬によって顔が醜くなったお岩が髪をすくと、その髪が抜け落ちる。その場面が切なくも恐ろしい。

隠亡堀《おんぼうぼり》で伊右衛門が釣りをしていると、なぜか一枚の戸板が流れ着く。ぐるりとひっくり返ると、そこには死んだお岩と小平《こへい》の死体が打ち付けられていた。顔はくずれ、着物も髪も血に染まり、水にぬれている。

伊右衛門と同時に、お高も思わず「ぎゃっ」と声をあげそうになった。

裏切られ、ひどい殺され方をしたのだ。お岩は伊右衛門を許すはずがない。取り殺すまで祟《たた》るに違いない。

その観客の思いに応え、おどろおどろしい三味線や笛の下座《げざ》とともにお岩の幽霊がこれでもかと現れる。

伊右衛門もひとり殺せば、もうひとりと罪を重ね、ずぶずぶと底なしの悪に沈んでいく。

どうなることかと思っていたら幕間《まくあい》の休憩になった。

「ああ、怖かった」

「いや、冷や汗が出ましたよ」

「ずっと力を入れていたから肩がこった」

お高とお栄、お近は口々に言いながら、首や肩をほぐした。そして、弁当を食べる。怖い思いをすると腹がへるのである。

「しかし、伊右衛門はぞくっとするようないい男ですよね」

かまぼこを食べながらお栄が言う。

「ああいうのを『色悪《いろあく》』というんですって。あの役者はここの看板よ」

お高が作太郎の受け売りを披露する。

「うん。あいつがどこまで堕《お》ちるのか、楽しみだよねぇ」

お近も握り飯を頬張った。

そんな三人のおしゃべりを作太郎は脇で楽しそうに聞いている。

「ほら、伍一ちゃんもお弁当を食べたら」

お高が声をかけると、伍一はぶるっと体を震わせ、夢から覚めたような顔になった。

「芝居は面白いか」

作太郎がたずねた。

「ああ。すごいもんだなぁ。おいら、帰ったらすぐ絵に描くんだ」

「よし、そうしろ。出来上がったら見せてくれ」

急に腹がすいたのか、伍一も箸をとって弁当にかぶりつく。

その脇でお桑は静かに弁当を食べている。芝居については来たものの、この日もみんなの話には加わらなかった。

幕があがると有名な「隠亡堀の場」である。暗闇の中で伊右衛門、直助権兵衛《なおすけごんべえ》、与茂七《よもしち》らが、互いに無言で探り合い、与茂七の落とした書状を直助が拾い、直助が持っていた鰻《うなぎ》かきが与茂七の手へと渡る。役者たちは水の中を泳いでいるような不思議な動きをしていた。

「あれはなにをしているんだ?」

伍一が作太郎の袖を引いてささやいた。

「『だんまり』って言ってな、自分の足も見えないくらい真っ暗闇の中にいるってことなんだ」

「そうか。ここは暗いのか。芝居ってのは面白いな。見えてても、見えないってことにできるのか」

伍一はしきりにうなずいていた。

芝居がはねて外に出ると、夕暮れが迫っていた。お栄とお近、お桑はそれぞれの部屋に戻り、伍一が絵を描きたいというので、お高と作太郎は伍一を連れて家に戻った。

お高が着替えて座敷に戻ってくると、伍一は玄関の前の板敷きに紙を広げて絵を描いていた。休んでいた作太郎も向かいに座って筆をとった。

さらさらと作太郎の筆が走り、たちまち白い紙に蛇山《へびやま》の庵室《あんじつ》でねずみと怨霊《おんりょう》と戦う伊右衛門の姿が現れた。四方八方からねずみや怨霊が襲いかかり、錯乱した伊右衛門は夢中で刀を振り回している。

「まぁ面白い」

お高は声をあげた。

伊右衛門の目はすわり、腰はひけ、かろうじて振り上げた手で怨霊たちを斬ろうとしている。怨霊は人の形をなさず、首や手足がふわふわとんでいる。ねずみは平べったい丸である。

たしかに、この場面を見た。

作太郎が絵に描くとこうなるのか。

お高は飽きずにながめた。

そんなふたりのことを気にもせず、伍一はひたすら紙に向かっていた。伍一はいつも右の端から描きだす。今描いているのは舞台の袖におかれた黒御簾《くろみす》で、その後ろには三味線や笛を鳴らす下座の人たちが座っている。舞台から見える位置ではないのだが、伍一はその人たちの着物の柄、指の一本一本まで描くのだ。

どの場面を描くのか。それが分かるのは、まだ先だ。

「酒でも飲むか。谷中生姜《やなかしょうが》の甘酢漬けがあっただろう」

作太郎が言った。

甘酢漬けだけというわけにはいくまい。かまどに火を入れ、油揚げを軽くあぶる。パリパリとしたところにしょうゆをかけるのが、作太郎の好きな食べ方だ。その脇で半割りにしたなすを焼く。こちらはしぎ焼き。火が通ったら南蛮《なんばん》みそをのせて白ごまをふる。

芝居小屋で弁当を食べたはずなのに、料理をはじめると腹がすいていることに気づく。小鍋で飯を二合だけ炊くことにした。それに汁も。

油揚げになすのしぎ焼き、青菜炒めを持っていく。

「まだ、なにかつくっているのか？」

「ご飯を炊いているの」

「そうか」

作太郎は短く答える。

いらないと言っても、出せば食べるのである。それに伍一も腹がすくだろう。

伍一の様子を見に行ったら、ようやく舞台の人物に取りかかっていた。女が座っている。お岩だろうか。

「伍一ちゃん。お腹すかない？」

答えがない。絵を描いているときの伍一はなにを言っても耳に入らないらしい。お高は近くに蚊やりをおいてやった。もう、遅いからもへじの家へは帰さずに、今夜はここに泊めることにしよう。

座敷に戻ると作太郎に言った。

「あんなに夢中になれるって幸せなことね」

「それが伍一なんだよ」

盃を傾けながら作太郎がつぶやいた。

「あなたも、こんなふうに絵を描いていたの」

「そうだね。描きあがって気がつくと、いつの間にか夜になっている。だれかが行灯《あんどん》に火を入れてくれて、握り飯がおいてあったりする」

以前、作太郎は父に認められたかったからと言ったことがあった。心から絵が好きなのではないような口ぶりだったが、作太郎も伍一と同様に絵に魅入られていたのだ。だからこそ、今でも双鷗が高くかってくれているし、もへじも期待している。

お高がそう言うと、作太郎は薄く笑った。

「そうだなぁ。だけど、もう伍一のようには夢中になれない。私は大人になってしまったんだ」

ついこの間、作太郎が言った。

――ある年齢になると、そんなふうに心のままには描けないものなんだよ。

それはこういう意味なのかと、お高は納得する。

「この前、お桑さんに言われたよ。絵を描くのが苦しいんだそうだ。あんなに絵が好きだったのに、描けば描くほど、自分の絵が嫌いになるんだと。分かるんだ。私もそういうときがあったから。隣のやつのことが気になる。どんな絵の具で、どういう技法を使うのか学ぼうとする。評価を得たい、認められたい、ほめられたい、そればかり考えている。自分がどう感じるかではなくて、他人がどう見るかを気にしていると、なにをすればいいのか分からなくなるんだ。それで、この前、つい、言ってしまった」

「なんて？」

「自分がなにものなのか、見極めるのも大事だ。とこぶしはとこぶしだ。あわびにはなれない」

作太郎はさらりと言って、自分の画帖《がじょう》を開いた。

「身のほどをわきまえるってこと？　お桑さんは傷ついたんじゃないの？」

「私もお桑さんもとこぶしだ。あわびじゃない。あわびには、雪舟《せっしゅう》とか、狩野永徳《かのうえいとく》とか、双鷗先生も入るかもしれない。そういう卓越した、特別ななにか、努力だけではたどりつけない特別なものを持っているわけじゃない。ただ、少しだけ、人より、絵が好きで、得意なだけだ」

さらりと作太郎は厳しいことを言った。

「だけど、とこぶしには、とこぶしの闘い方があるんだよ。絵に関わる仕事はいろいろある。人物が好きなら絵姿を描けばいい。自分や家族の姿を後世に残したい人はたくさんいる。浮世絵や読本《よみほん》の挿絵を描いて人気者になるのもいい。地図を描く、城や船の内部を図面にする。画塾を開いて後輩を指導するのも仕事だ。そうやって、働きながら自分の得意を磨く道もある――と、まぁ、自分のことは棚にあげて偉そうなことを言った」

作太郎は苦笑した。

料理屋の英を閉めた後、作太郎は長年の友であるもへじの勧めもあり、読本の挿絵を手がけたことがあった。結局、うまくいかず早々に手をひいた。

「お桑さんはなんて？」

「――作太郎さんは幸せな子供だったから、あたしの気持ちは分からないって。あたしには絵しかない。絵を描いて世の中に出たい、って」

お桑の言うとおりである。今の作太郎に闘う気配は感じられない。

「でも、それなら、どうして丸九に来たの？」

夜更けに丸九をたずねて、作太郎の絵に魂を揺り動かされた、師事するならこの方しかいないと思ったと語ったあの言葉はなんだったのか。

「そうだよな。……こんなことを言ったら、お桑さんには申し訳ないけれど……、私が双鷗先生と親しいことを聞いて、間を取り持ってもらいたかったのかもしれないな」

「……頼まれたの？」

「いや」

手酌で酒を注ぎながら言った。

「そういうふうに頭を下げられないんだよ、あの人は。ほら、あの盃のことがあったじゃないか」

「成功して金や名誉が手に入るという盃のこと？」

「ああ。あのとき、もっと上手にねだれないものかなと思った。そして、後から気づいた。お桑さんは人に甘えたことがなかったんだろうなって」

お高はお桑の歩んできた厳しい道のりを思った。

双鷗画塾に入るときは門前に座ったという。入塾してからも、働きながら絵を描いた。艱難辛苦《かんなんしんく》という言葉にふさわしい人生だ。

作太郎は宙を見つめた。

「この前、お桑さんにどうして本気で絵を描かないのかって聞かれた。頼まれ仕事でお茶をにごして時を無駄にしている。使わないのなら、その力をもらいたいって」

「それで、なんて答えたんですか」

それはお高が聞きたいことである。

「今が楽しいからだよって言った。絵を描くのを楽しんじゃだめなのか、毎日を気分よく過ごすことはいけないことかってたずねた。料理をして人に喜んでもらうのも、装束をあれこれ考えるのも、面白い。もちろん大変なこともあるけれど、それはどんな仕事でもあることだ。なんでもない。そう答えた。だけど納得してもらえなかったようだ」

作太郎は薄く笑った。

ふと、お高のほうを見てたずねた。

「お高さんも、私に名のある絵描きになってほしいと思っているかい」

「もへじさんは作太郎さんにはその力があるって、言ってくれたわ。私はその絵を見てみたい。……でも、それは名を立てるということではないわ」

「名が立たないと、金は入ってこないよ。……絵の具代と紙代で丸九が傾くかもしれない」

冗談めかして作太郎が言った。

自分で言いだしたことなのに、話が核心に触れそうになるとはぐらかす。言いたくないのだろう。認めたくないのかもしれない。そもそも、どこまでが本心なのか。

「あら、それは大変。覚悟しないとね」

その言葉を聞き流し、作太郎はなすのしぎ焼きをつまんで目を細める。

「この南蛮みそは、うまいな。今年、仕込んだやつだろう」

「そうですよ。青唐辛子《あおとうがらし》は伍一ちゃんが刻んでくれました。……作太郎さんがいて、お栄さんやお近ちゃんがいて、お客さんがいて、丸九があるから。みんなが笑って暮らせるのが一番」

それは今のお高の素直な気持ちだ。こうしていっしょに酒を飲んで、しゃべって、ほかになにがいるだろう。

いや、そうなのか？　本当に、このままでいいのか。お高もまた迷っている。

夜も更けたころ、「できた」という伍一の声が聞こえた。お高と作太郎が見に行くと、板の間いっぱいに紙が広がっていた。

巻紙を横に広げて舞台の様子。舞台脇の黒御簾の後ろで下座の人たちが三味線や笛を鳴らしていた。髪をすくお岩がいる。顔はくずれ、髪は抜け落ちているが、伍一が描くとあまり怖くない。左を見ると、そのお岩が伊右衛門にすがりつく。振りほどこうとして暴れている伊右衛門は丸顔で子供のようだ。

今度は紙を縦に使って花道。伊右衛門は襲いかかるねずみや怨霊から逃げようとして、刀を振り回していた。その手前には、伊右衛門に恋いこがれる娘の姿。あでやかな振袖《ふりそで》である。花道脇のお客たちは喜んだり、驚いて口を開けたり、こぶしをつくったりとさまざまな様子をしている。

さらに観客たち。また紙を横に使って桟敷席では弁当を食べる者、酒を飲む者、舞台に見入る者。さまざまな様子が描かれている。

「楽しいなぁ」

作太郎が声をあげた。

一枚の紙の上に、違う場面が重なっている。

こんなふうに描いていいのか。

いや、伍一はこの日の芝居をこんなふうに観たのか。

お高は驚いた。

「上手に描けたわねぇ」と言いそうになって口をつぐんだ。それは伍一へのほめ言葉ではない。なんと言おうかと考えていたら、作太郎が伍一の肩を叩《たた》いた。

「いいなぁ。伍一は体の中に絵があるんだな。それを忘れるんじゃないぞ。しっかりつかんで放すんじゃないぞ。よし、これを明日、もへじに見せに行こう。そして驚かせてやろう」

伍一よりも作太郎のほうが喜んでいるようだった。


この絵は思わぬ人の心をとらえた。村上座の小屋主の吟十郎だ。

装束の相談に丸九を訪れた吟十郎に作太郎が絵を見せた。昼を過ぎてお客の去った店に芝居小屋の絵が広がった。

「ほう、『四谷怪談』ですか。これは大作だ。すごいなぁ。いや、面白い。面白い。

いったい、どなたが描いたんです」

　作太郎は伍一を呼んだ。

「この子が描いたんですよ。知り合いの絵師がいるのですが、そこに毎日やって来て、みんなが絵を描いているのをじっと見ていた。絵が好きなんだな。しかも面白い絵を描く。それで、今、この店で預かっている。手伝いをしてもらっているんですよ」

　伍一は恥ずかしそうにぺこりと頭を下げた。

「作太郎さんが教えているんですか」

「いやいや。私が教えることはなにもないですよ。よけいなことを言って、この子のよさを失わないように、それだけを考えている。そうだな、伍一」

　声をかけられて伍一は頬を染めた。笑うと目と目が離れて愛嬌《あいきょう》のある顔になった。

「この絵、うちで買わせてもらえませんか」

　吟十郎が言った。作太郎はあわてた。

「そういうつもりでお見せしたのではないですから」

「だけど、こんな楽しい絵をそのままにしておくって手はないでしょう。外の看板にしたら雨風があたるから、中の廊下に貼りますよ。裏に厚紙を張れば丈夫になる。そういうのは得意だから」

お茶を運んでいったお高はその話を聞いて驚いた。

こんなふうに話が転がるとは思っていなかったからだ。

厨房に戻ると、お桑が硬い表情で芋の皮をむいていた。

お桑もあの後、芝居の絵を描いて作太郎に見せていた。お高も見たが、それは素人《しろうと》目《め》に見ても見事なものだった。伊右衛門の表情は鬼気迫り、お岩の恨みが伝わってくるようだった。

もちろん作太郎はほめた。けれど、伍一の絵を見たときのように喜ばなかった。

——悪くない。むしろ、上手だ。だけど、面白くない。だって、この絵の中にお桑さんはいないもの。

自分の絵。

お高は口の中で繰り返した。

料理には、それぞれつくった人の味が出る。同じ手順、材料でつくっても、わずかな火の加減、ちょっとした手間の違いで味わいが変わってくるからだ。たとえ人から習った料理でも何度もつくっているうちに、自然にその人らしくこなれて、その人らしい味になる。

絵は料理とは違うのだろうか。

たしかに伍一の絵は面白い。子供の絵だからだ。人物の顔は丸く、色もぺたりと塗ってある。そこがいいと言われればそれまでだが、子供の絵でいいのなら技を身につける必要はない。大人の絵を描くために師について学ぶのではないのだろうか。

お高は分からなくなった。

三

青空に大きな入道雲が浮かぶ昼下がりだった。いつものようにやって来たのは徳兵衛、惣衛門、お蔦である。

席につくなり徳兵衛が声をあげた。

「お高ちゃん、昨日、村上座の『四谷怪談』を見てきたよぅ。お岩の顔がねぇ、怖いんだよ。うちのやつが、怖くてひとりじゃ行けないっていうから、付き合ったんだけどさぁ」

徳兵衛は怖がりのくせに、幽霊やお化けが大好きだ。ひとりで行くのが怖かったのはしっかり者の女房のお清ではなく徳兵衛のほうだとみんな分かっているが、それはだまっている。

「それは、よかったですねぇ。私たちも楽しみましたよ」

茶を運びながらお高が答える。

「うちの女房も友達と行きましたよ。すごい人気だそうですねぇ」

惣衛門は扇子であおぎながら言う。

「伊右衛門もお岩も役者がいいんだってねぇ」

白い紬をしゃっきりと着たお蔦は汗ひとつみせない。

「名芝居だよ。肝が冷える。子供に見せたらだめだね。夜泣きするよ。まぁ、俺はああいうのはわりあい平気なほうだけどさ。……でさ、ねずみ木戸を入ったとこの大きな絵、あれは、お宅の伍一が描いたんだってねぇ」

徳兵衛が感心したように言った。

「そうなんですよ。芝居を観に行ったあと、夜遅くまでかかって描きあげたんです。それをここにいらした小屋主の方が見て、面白いって喜んで。そうですか、そんな立派なところに飾ってくださったんですか」

「あれはいいよ。お客たちがみんな足を止めて見ていたよ。かわいいっていうか、不気味っていうか、それでちょっと笑えるんだよな。子供らしい絵だから」

「ああ。あたしも見たよ。そうかい、あれは、お宅の伍一ちゃんが描いたのか。うまいもんだねぇ。あの花道の場面がよかったね。あれはすごいよ」

お蔦も感心する。

お高もその場面はよく覚えている。

四方八方からねずみや怨霊が襲いかかり、正気を失った伊右衛門が夢中で刀を振り回すのだ。実際の舞台では、棒の先につけたねずみの人形や布切れを揺らし、幽霊の扮装《ふんそう》をした役者たちが歩き回るだけだったけれど、伍一の絵ではその何倍ものねずみが伊右衛門の頭といわず、腕といわず襲いかかり、嚙《か》みついている。怨霊はうすら笑いを浮かべながら、伊右衛門の周囲を飛びまわる。

本当はこういう場面なんですよと、教えられた気がした。

いや、もしかしたら伍一の目にはそのように見えていたのかもしれない。

「ほかの人には描けないよ。次の芝居のときも、描かせてもらいなよ」

徳兵衛が身を乗り出す。

「まぁ、ありがとうございます。じつは、そのお話、村上座の小屋主さんからもいただいているんですよ。作太郎さんは装束を手がけることになってご縁ができていてね」

さりげなく作太郎の話を差し込む。

「ほう、装束ですか。絵を描くんですかねぇ」

「最初はそういうことだったんですけれど、だんだん話が広がって、一からつくるようなことになって……」

「それはいい。作太郎さんが手がけるのなら、さぞや見事なものになるだろうねぇ」

惣衛門が膝を打つ。

「そのときは、みんなでうちそろって観に行きたいねぇ」

お蔦がうなずく。

「俺は掛け声をかけるよ。ほい、作太郎」

さっそく徳兵衛が調子にのる。

「それじゃあ、だれのことか分かりませんよ。芝居小屋の掛け声は決まっているんですから」

惣衛門が笑ってたしなめる。

村上座の『四谷怪談』は人気で、入り口近くの壁に貼られた絵もたくさんの人の目にとまった。それが伍一の手によると知れると、丸九に来たお客たちは話題にした。どんな子か見たいと言う人もいて、そのたび伍一は挨拶に出た。

――すごいねぇ。また、楽しみにしているよ。

——へぇ、この子が描いたのか。上手だねぇ。将来は立派な絵描きさんだね。

口々に言われ、伍一は頬を染め、恥ずかしそうにしていた。それらの言葉を伍一は励みとして、なおいっそう絵に向かった。

吟十郎も装束のことで作太郎に会いにやって来るたび、伍一のことをほめた。

「うちの戯作者が、伍一ちゃんの絵を見ると筆が進むって言うんだよ。たしかにそうなんだ。あの絵の後ろに、こう、なんていうか、すごい広がりがあるんだよな」

そんなふうに伍一ばかりが持ち上げられるので、お高はお桑のことが心配になった。

お桑はひっそりと気配を消して、黙々と仕事に向かっている。手の空いたときはなにか描いている。

すでに双鷗たちは京に向けて出立《しゅったつ》してしまった。作太郎もお桑の絵について多くを語らない。

お桑はますます頑《かたく》なになった気がする。

その日、めずらしく双鷗画塾の塾生が三人ほど連れ立ってやって来た。

武家の子弟なのだろう。刀は差していなかったが身なりがよく、品のいい顔立ちをしていた。

「ここは昔、画塾のそばにあったんだ。双鷗先生も贔屓《ひいき》だった」

先輩格の男が言った。

塾生のひとりが料理を習いたいとやって来た縁で双鷗と知り合い、なんどか頼まれて調理をしたことがある。

「そうか。じゃあ、俺たちもあやからないとな」

どうやら試験が近いらしい。

さばのみそ煮は、背がぴかぴかと光る、今朝釣りあげた脂ののったさばを甘辛いみそでさっと煮たものだ。こっくりと味の濃いみそがからんでいるが、中にかるく火が入ったくらいで止めている。だめだと分かっていても刺身で食べたくなるさばだからこそ、身のうまさを味わってもらいたいと思う。

「さばのみそ煮ってこういうもんだったのか」

ひとりが驚いたような声をあげた。

「そりゃあ、お前、塾のまかないとは違うよ。あれは、大鍋でさばの身が固くなるまで煮込んでいるんだ。なんで、こんなに煮るんだって聞いたら、さばは生き腐れが怖いからって言われたよ」

先輩格の男が笑う。

「そうだよなぁ。まかないの料理はとにかく味が濃いんだよ。おまけに煮すぎて固いか、ぐずぐずにやわらかいかどっちかだ」

塾に来て腹いっぱい飯が食べられてうれしいと言う者がいる一方で、こんなふうに不平を言う者もいる。机を並べて絵を学んでいても、暮らし向きはさまざまだ。

しばらく若者らしい食べっぷりを見せていたが、ふと顔を上げてつぶやいた。

「いつだったか、喧嘩《けんか》して塾を出ていった師範代の女先生がいただろ。あの人はどうしたんだ？」

「京に連れていけって怒った人だろう。どうなったんだろうなぁ」

ひとりが首を傾げる。先輩格の男が憤然と言い放った。

「身のほど知らずもいいところだね。そもそも、女に絵なんか描けないんだよ。そりゃあ、あるところまではいくよ。だが、それから先は無理だ」

「でも、双鷗先生は絵を志す者に男も女も、身分もないっておっしゃっているよ」

「先生は高い志を持っている方だからね。でも、実際は違うよ。歴史を振り返ってみれば分かるじゃないか。古来、歌詠み、物書きで名を馳《は》せた女人はいるけれど、絵師はいない。そういうものなんだ。なんていうかな。目が違うんだよ。双鷗先生はともかく、ほかの先生たちは京に連れていく気なんかもとよりないよ」

三人の言葉が耳に入って、お高ははっとした。振り返ると、お近と入れ替わりに、お桑が茶の入った急須《きゅうす》を持って店に出てきたところだった。

お桑の頬が白くなった。硬い表情で茶を注いでいる。

「いいわ。私がやるから。あなたは厨房で」

お高はお桑の手から急須をもぎ取った。

厨房に戻ると、お桑はいつもと変わらない様子でごぼうの皮をこそげていた。

「ごめんなさいね。よけいな仕事を頼んでしまって」

お高は思わずあやまった。お桑は薄く笑った。

「かまいませんよ。気にしません。もう、ずっと言われてきたことですから。あたしは慣れっこです。お高さんがあやまることじゃありません」

それから何日か過ぎた。

強い日差しが木々の葉を白く光らせているような午後だった。

お高が店の裏手に出ると、お桑が画帖を手に絵を描いていた。古い家の脇にどくだみの花が群れていた。実際は花ではなく、変形した葉であるそうだが。

「あら、こんなところで絵を描いているの？」

「はい。あたし、どくだみが好きなんです。白くてきれいだし、葉の形もかわいらしいから」

お高がのぞきこむと、画帖いっぱいに咲き乱れるどくだみがあった。

「やっぱりお桑さんは見るところが違うのね。たしかによく見ると、きれいな花だわ。それに逞《たくま》しい。抜いても、すぐにまた生えてくるもの」

どくだみは強い草で、ほかの草花が好まない日陰の湿った場所でも根をはって育ち、気づくと大きな茂みになっている。邪魔なので、増えないように小さなうちに抜いたと思っても、少しでも根が残っていれば、そこから茎や葉を伸ばしてまた増えてしまう。

「どくだみのお茶を飲むと、色が白くなるそうです。子供のころ、ばあちゃんに飲まされてました。味も匂いも嫌いでいつもこっそり捨ててたけど、ちゃんと飲めばよかったですよね」

お桑が言った。

お高はお桑の横顔を見つめた。

たしかに、もともと色が黒いほうかもしれない。だが、若い肌はきめが細かく、なめらかだった。頬骨が高く、奥二重の細い目は人を寄せつけない気難しさを感じさせたが、それはお桑の一面かもしれない。その奥にはまっすぐに絵に向かう、素直でやわらかな心が隠れているに違いない。

そのとき、ふらりと幇間《ほうかん》の玉七が姿を現した。

「おや、どなたかと思ったら、丸九のおかみさんじゃないですか。いつも、お世話になっておりやす」

玉七はおどけた様子で頭を下げた。その拍子に足元がふらついた。昨夜の酒が残った濁った目をしていた。いい酒ではなかったようだ。

知った顔が来たらおごってもらおうと、食べ終わった後も何杯も茶を飲んでねばっていたが、とうとうあきらめて出ていった。お高はそれを見送ったが、まだ、このあたりにいたらしい。

「玉七さんこそ、いつもご贔屓をいただいております」

お高は礼を言った。

「えっと、お隣にいるのは……、たしか元、双鷗画塾の絵描きさん。あれこれあって出られたという。……お名前はお桑さんでしたか」

お桑が横を向く。お高が代わりに答えた。

「よくご存じですねぇ」

「はは。この檜物町で起こったことは、なんでも玉七の耳に入るんですよ。それが、こっちの飯のたね。うっかりしたことを言って、お座敷をしくじっちまったら困りやすから」

卑屈な笑い声をあげた。

玉七は何年か前、ふらりと檜物町に現れたそうだ。深川か、柳橋《やなぎばし》か、あるいは、もっと別な場所から流れてきたのか。花柳界はそういうわけありの人間にもやさしい場所だ。

玉七は踊りもするし、唄も上手だ。書画骨董《こっとう》に茶の湯とさまざまなことを知っている。座持ちがいいと重宝がられているのだが、少々酒癖が悪い。飲むとついつい素になるという。ささいなことで客を下に見たり、張り合ったりするというのだ。どこまでも客を立て、楽しませるのが幇間の仕事だが、玉七はそれに徹することができない。そんなことから、玉七はもともと、それなりの金持ちだったが、遊びが過ぎて身を持ちくずし、とうとう幇間にまで落ちてしまったのではないかという噂もある。玉七は鬱屈《うっくつ》している。嫉妬《しっと》と羨望《せんぼう》と後悔が彼をいらだたせ、それが自分よりも弱い者に向かわせる。

この日の玉七の標的はお桑だった。

玉七はふらふらと近づいてくると、お桑の画帖をのぞきこんだ。

「うまいな。たしかにうまい。さすが双鷗画塾の師範代だった人のことはある。ご立派、ご立派」

嫌みな言い方だった。

お桑は冷たい目でちらりと見た。

「はは。さすが、分かってるねぇ。だって、うまいってのはほめ言葉じゃねぇもんな。うまいやつなんか、世の中いっぱいいるからね。欲しいのはその先の、ぴかって光るなにかだ。残念だけど、この絵にはそれがねぇなぁ」

それは、一番言われたくないことだ。お桑の横顔が厳しくなった。

「ねぇ、そろそろ戻りましょうよ」

お高が声をかけた、お桑も画帖をしまいはじめた。

「帰るのかい？　帰って飯の支度かぁ。だけど、あんた、絵で天下を取りたいって油問屋の旦那に盃をもらったんだろ。その盃はどうするんだよ。芋を洗ったり、ごぼうの皮をこそげるためだったら、宝の持ち腐れだよ」

からかうようにつぶやいた。お桑の肩がぴくりと動いた。

「相手しちゃだめ。ほっとくのよ」

お高はお桑の背を押した。その背中に玉七は執拗《しつよう》に声をかけた。

「あんたねぇ、人には持って生まれた器ってもんがあるんだ。ちっちぇ器にはそれなりのもんしか入らねぇ。欲張ったってこぼれちまうだけだ。自分がどれほどのもんか、双鷗画塾にいて気づかなかったのか。よっぽど自惚《うぬぼ》れが強いか、のんきだったんだなぁ」

お桑の足が止まった。唇を嚙んでうつむいている。

「じたばたしたって無駄なんだよ」

玉七が叫んだ。

「お桑さん、さ、行こう」

お高は強く腕を引いた。

「双鷗先生も罪だよなぁ。絵の道には男も女もない、だれでも精進すればうまくなるなんて夢を見させてさ。梯子《はしご》を上らせて、その梯子をはずしちまうんだ。それなら最初から、ほんとのことを教えてやればよかったんだよ。世間ってのは、こういうもんだよ。人は生まれたときから持てるもんが決まっているんだ」

お桑はお高の手を振りほどくと、玉七に向き直った。

「あたしのことはなんと言ってもいい。だけど、双鷗先生のことを悪く言うんじゃない。先生は正しい。今のあたしがあるのは、双鷗先生がいたからだ」

「はぁぁん。じゃあ、聞くけどさ、あんたは今の自分に納得しているのかよ。精進して、その先が見えるのかよ。大根洗ったり、かぶの皮をむいたり、汚れた皿を洗ってさ、それで絵がうまくなるなんて本気で思っているのかよ。あんたは逃げ出したんだ。本当のことを見るのが怖くてさ。だけど、どこまでいっても自分から逃げることはできねぇんだよ。子供の絵にも勝てやしねぇじゃねぇか」

お桑の顔が白くなった。調子づいた玉七の声が高くなった。

「あんたが心酔する双鷗先生は、京に連れていってくれたのかい？　師範代にまでは引き上げてくれたけれど、その先はないだろう。そういうもんなんだよ。自分だって、分かっているじゃねぇか。あんたは日陰に咲くどくだみなんだよ。きれいな白い花を無駄に咲かせる嫌われもんだ。かさかさに枯れて薬湯《やくとう》になるのが関の山だ」

堪忍袋の緒が切れたのはお高だ。

背を伸ばし、お桑の前に立ちはだかって言った。

「なにが気に入らないのか、だまって聞いていればさっきから。お桑はうちの大事な預かり娘《こ》なんだ。そのお桑にあれこれ、くだらないことを言うのは、あたしが許さないよ。玉七さん。いや、玉七。今日からあんたは、うちの客じゃない。こっちからお断りさせていただくよ。二階の座敷だって、たとえ客が呼んでも出ていってもらうから。塩まいて追っ払うから、覚えておきな」

おとなしいと思っていたお高の威勢のいい啖呵《たんか》に、玉七はあんぐりと口を開けた。

「お桑、行くよ。これ以上、馬鹿に付き合っている暇はないんだ」

お高はお桑の腕を引っ張って店に入った。


裏の戸を開けて厨房に入ると、お栄がにやりと笑って迎えた。お近と伍一は丸い目になっている。

「久しぶりにお高さんの啖呵を聞きましたよ。さすが日本橋のお高ですよ」

「聞いてたの？」

「そりゃあ、あれだけ大きな声を出せばねぇ。近所の赤ん坊がひきつけを起こさないかと、そっちが心配でしたよ」

お栄は軽口をたたきながらふたりに水を手渡した。お高がごくりと飲み込むと高ぶった気持ちがすっと落ち着いた。お桑の表情も少しやわらいだ。

「お高さんはやくざの姐《ねえ》さんだったのか？」

伍一が本気の顔でたずねた。

「ああ。店に来る仲買人《なかがいにん》の政次《まさじ》も、植木屋の棟梁《とうりよう》の草介《そうすけ》も、手下だったんだよ。みんなお高さんが怖いもんだから、よく言うことを聞いた」

お栄が見てきたように言うのでお高はあわてた。

「違うわよ。違います。それは子供のころの話でね、私が少し年が上だったから、近所の子たちの面倒を見ていたのよ」

ふうんと、伍一は分かったような分からないような顔をしている。

「どっちにしても、作太郎さんいなくてよかったよね。聞いたらびっくりしたよ」

お近も心配してくれた。

振り向くとお桑と目が合った。お桑はいつもの表情のない、硬い顔をしていた。


薄青の明るい空に星がまたたきはじめた。

その日は、檜物町の寄り合いが二階であった。

それぞれが支度にとりかかった。お桑は変わらない様子をしていた。お近といっしょに部屋を掃除し、その後、芋の皮をむき、青菜を刻んだ。

作太郎も戻ってきて、ふわふわ玉子や鯛《たい》の焼き物にとりかかった。芸者の初花やおぎんがやって来て、いつものようなにぎやかな宴《うたげ》となった。

忙しさにかまけて、お高はお桑のことをすっかり忘れてしまった。

夜も更けて宴が終わった。作太郎が先に帰り、お栄やお近も去って、後は戸締りをと思っていたら裏の井戸の所に火が見えた。あわてて外に出ると、お桑が焚火《たきび》をしていた。

「なにをしているの」

思わず声が高くなった。

「画帖を燃やしています」

「画帖を？」

「必要なくなったので」

お桑は振り返りもせずに硬い声で答えた。

「自分の絵を燃やすってこと？　どうしてそんなことをするの？」

「もういいんです。絵をやめることにしました。これ以上描いても無駄なので」

お桑のやせた背中が近寄る者を拒んでいるように見えた。

「昼間の玉七のことを気にしているの？　あんな人の言葉、忘れてしまえばいいじゃないの」

沈黙があった。

「それだけじゃないんです。もう、ずっと考えていたことですから。急なことで申し訳ありませんが、ここも辞めさせてください」

「絵をやめて、ここも出て、それで、あなたはこれからなにをするの？」

「それは……これから探します」

お桑はくぐもった声で答えた。どこからか三味線の音が響いてきた。空は雲が出て月も星も見えなかった。お高はおだやかな静かな声でたずねた。

「だったら、絵をやめるのは次のことが見つかってからでも遅くないんじゃないの？」

お桑は答えない。

「子供のころからずっと絵を描いてきたんでしょ。好きで得意だったんでしょ」

「ほかにやることがなかったからです。ちょっと人にほめられてその気になった。だけど、あたし程度の人はほかにもたくさんいる。そのことが分かったんです」

お桑は画帖から一枚ちぎって焚火に落とした。ぽつりと赤い点が見えたと思ったら、たちまち炎があがり、あっけなく黒く燃え尽きた。

「私はずいぶん料理に助けられたわよ。おいしいものをありがとうって喜ばれたことで、元気が出た。ぺしゃんこになったときも、私には料理があるって思えたし。料理からたくさんのことを教わった。お桑さんもそうじゃないの？　なにかひとつ、ずっと続けてきて、得意な好きなことがあるっていうのは、幸せなことだわ」

お桑が火にくべようとした絵をお高は手で止めた。

「料理と絵とは違うわよね。もっと難しくて厳しい世界なんでしょ。細くて急な道なんでしょ。作太郎さんにはこのことを相談した？」

「いいえ。……でも、それならしかたないねって言われると思います。双鷗画塾では毎年、たくさんの人たちが絵の道をあきらめて去っていくんです。あたしはそれを見ていますから。見切ることも大事なんだと思っています」

「私も何人も見送ったわ。前の店には塾生の人たちがよく食べに来てくれたから。奥さんと子供さんがいて、周囲の期待を背負ってやって来て、結局、果たせなかった人もいたし。でも、あなたは違うわ。師範代まで引き上げてくださったんでしょ。双鷗先生が認めてくれたのよ。続けなさいってことよ」

お桑はお高の手を振り払い、さらにもう一枚火にくべた。

赤い炎がお桑の顔を照らした。苦しそうな顔をしていた。

「ここに来たのは作太郎先生に絵を習いたかったからじゃないんです。双鷗先生が作太郎先生を頼みにしているから、ここに来たら道がひらけるかと思っただけです。ずるい手を使おうとしたんです。あたしはその程度の人間だし、そのことも作太郎先生はとっくに分かっていると思います」

やっぱりそうだったのか。

お高は腹に落ちた。けれど、不思議にお桑を責める気持ちにはならなかった。お桑の行く先が心配だった。

「作太郎さんはお桑さんの絵を認めていたわよ。私、覚えているわ。こう言ったのよ」

――緻密で骨太で、細部まで目配りがきいていて、それでいて破綻がない。ずっと独学で描いてきた人は……癖が抜けなくて伸び悩むものだけれど、お桑さんは違った。

「そんなふうにほかの人をほめることはめずらしいわ。期待しているのよ。あなたにはその力がある。未来がある。ここで捨ててしまうのはもったいないじゃないの」

お高はお桑の傍らに座った。火にくべようと伸ばしたお桑の手に自分の手を重ねた。

「人がだれかに、なにかにめぐりあうのは偶然じゃないと思うのよ。私は料理に出会った。料理人だった父に女は料理人に向かないと反対されたけれど、必死に習って覚えて、今はこうして小さいながら店を切り盛りしている。……続けてこられたのは、やっぱり料理が好きだったから。お客さんに喜んでもらえるのがうれしかったから。料理があったから作太郎さんにも出会えた。料理が私を鍛えて、成長させた。今の私がいるのは料理のおかげ。……ねぇ、お桑さんだって、絵があったから、今、こうしてここにいるんでしょ。違うの？」

「……それは、そうですけれど」

「だったら大事にしなくっちゃ。せっかくあの盃を手に入れたんだもの」

お桑は薄く笑った。

その顔に作太郎が重なった。

もへじはすでに自分の絵を見つけた。伍一は最初から自分にしか描けない絵を描いている。悔しくて、うらやましくて、焦っているのは作太郎も同じかもしれない。

「私はあなたに絵を描いてもらいたい。お桑さんは絵を描く人だと思うから。あなたの中には絵があると思うから」

そうだ。あの晩、どうしてこの言葉を作太郎に言わなかったのだろう。

暗がりにどくだみの白が浮かんでいた。花びらのように見える四枚の肉厚の白い葉の中心に黄色い穂が突き出ている。これが本当のどくだみの花だ。ひとつひとつの花は小さいが、群れ集まって塊をつくっていた。

「いいじゃないの。どくだみで。人を押しのけて、遮二無二《しゃにむに》突っ走って、欲しいものに手をのばす。人がなんと言おうと気にしない。それがお桑さんよ」

お高はお桑の手から画帖を取り上げ、その手に戻しながら強い声で言った。

「名をあげたいんでしょ。ふつうの女の人の幸せが手に入らなくても、失うものがあっても、それでも成功したいんでしょ。幸せをつかみたいんでしょ。だったら進むしかないじゃないの。よけいなことは考えないのよ」

お桑はだまっている。

「しっかりしなさい。たどりつけるかどうか、今から心配したってしかたないでしょ」

お高は声をあげた。お桑ははっとしたように、小さくうなずいた。

「さぁ、帰るから。支度して。火は私が消すから」

立ち上がると、雲が切れて暗い空に鋭く光る星が見えた。お桑もその星を見つめていた。

第三話　山のうなぎ

一

　その日も朝から強い日差しが降りそそぎ、地面に黒い影をつくった。

　汗をかきながらやって来てくれたのは惣衛門、徳兵衛、お蔦の三人である。

「あれ、今日は、うなぎのかば焼きですか」

　ほかのお客の膳《ぜん》を見た惣衛門がお近に声をかけた。

「へへ。かば焼きかあ、気がきいているねぇ」

　いそいそと席についた徳兵衛に、奥の席にいたお客が声をあげた。

「そいつは食べてみてのお楽しみでございますよ」

「丸九特製の……むにゃむにゃ……かば焼きです。今、つくっていますから少々お待ちください」

肝心のところをごまかしてお近が答える。

「ほほ、それは面白い。鳴くまで待とうほととぎすってところかね」

お蔦が笑う。

待つことしばし。お近が膳を運んできた。

小ぶりのあじをからりと揚げて、薄切りのねぎやみょうがたっぷりとのせ、三杯酢をかけたものが真ん中にあり、その手前にやや小ぶりの皿にうなぎのかば焼きのようなものがのっている。全体が茶色でこんがりと焼け、甘じょっぱいたれの香りがする。

「お好みで山椒《さんしょう》をふってください」

お近がすまして言った。

「ふうむ。見かけはうなぎだよ」

徳兵衛が顔を近づけ、しげしげとながめた。

「だけど、今日の主役はこのあじなんだからさ」

お蔦も真剣な様子になる。

「では、私がまず、頂かせていただきます」

惣衛門が箸《はし》をつけた。

「おや、これは、これは」

驚きで目が見開かれ、次に笑いに変わった。

「いや、いや。上出来ですよ」

「どうなんだい」

お蔦が続いてかば焼きを口にした。

「なぁるほど、そういうことですか」

うなずく。

「なんだ、なんだ」

徳兵衛はそう言いながら、かば焼きをぱくりと口に入れ、もぐもぐと食べた。

「なんだよ、山芋じゃねぇか」

大声をあげたので、店にいたお客たちから笑い声があがった。

すりおろした山芋に豆腐を加え、焼きのりに厚く塗ってごま油でからりと揚げ、かば焼きのたれを塗って焼き目をつけた精進《しょうじん》料理である。うなぎの身に似せて筋をつけているから、見た目はうなぎのかば焼きそっくりである。

「いかがですか？」

お高が茶を注ぎに来ると、徳兵衛が言った。

「まぁ、お高ちゃんがうなぎをさばけるとは思えねぇから、おかしいと思ったんだよ。川柳にもあるじゃねぇか」

――釣って来たうなぎ是非なく汁で煮る
深川や神田川《かんだがわ》あたりでも、うなぎが釣れるのだが、うなぎはぬるぬるとして素人《しろうと》ではなかなかつかめない。まして割《さ》くことなど思いのほかだ。

「山芋は『山のうなぎ』とも呼ぶそうですよ。高野山《こうやさん》のお坊さんたちは山芋を食べて厳しい修行を耐えるそうです」

お高はすましして答えた。

この暑さでは、さすがに働き者の男たちも食が細る。さっぱりしたものばかりでは、力が出ない。そんなとき耳にしたのが精進料理で、あっさりして食べやすく、精がつくという。

試しにつくってみたのが、この精進うなぎである。

「まったく、ありがたいですよ。そういうやさしい心がね。だから、あたしは丸九が遠くなっても通うんですよ」

惣衛門がまじめな顔になって言った。

そのとき、「今日はごちそうさん。おいしいものを頂かせていただきましたよ。息子ともども、また寄らせていただきますよ」と声をかけて店を出ていく男がいた。どこかの商家の主《あるじ》だろう。張りのある声に銀髪のがっしりとした肉付きのいい姿だった。入り口まで送っていくお高の後ろ姿を目で追いながら、お近が言った。

「箸仙の旦那さん。新兵衛さんのお父さんだそうです」

「へぇ。あの人がおやっさん。息子とは似てないねぇ」

徳兵衛がつぶやく。

「立派なお父さんだねぇ。新兵衛さんは母親似なんだね」

お蔦が含みのある言い方をする。

いつ仕事をするのかと心配になるほど丸九で長居をしている新兵衛は、色白の面長で体つきもひょろりとしているが、父親は商家の主《あるじ》らしい貫禄《かんろく》のある姿だった。

「あのお父さんがいれば、安心ですよ」

惣衛門がうなずく。

それからしばらく三人は食べることに熱中した。

この日は精進うなぎのほかは、小あじの南蛮漬けに揚げと夏大根のみそ汁、瓜《うり》のぬか漬け、冷やし白玉の梅蜜《うめみつ》がけである。

香ばしく二度揚げした小あじを、薄切りのねぎやみょうがを薬味に、三杯酢でさっぱりと仕上げている。あじの身は白く、しっとりとしている。骨はやわらかいので頭から尾までぱりぱりとおいしく食べられる。

「なんだろうね。夏は酢の物がおいしいよ」

「あたしは毎朝、家で梅酢を飲んでいるんですよ。目が覚めますよ」

「ああ、あたしはやっぱり白湯《さゆ》だねぇ。こればっかりは、若いころから続けている」

ひとしきりそんな話をしていたが、お蔦がふとまじめな顔になった。

「それにしても惣衛門さんは男気がある。なかなかできることじゃないよ」

「どうかしたんですか？」

お高が話に加わった。

「いやね、知り合いからちょいと頼まれたものですからね」

日本橋で乾物屋をしている加次郎《かじろう》という男から、代々家に伝わるという十一面観音像を買った。金繰りに困っての頼みだった。

「いくら仲がよかったって言ってもねぇ」

徳兵衛がしみじみと語る。

「いや、だってね、加次郎さんには昔、大変世話になったんですよ。もう、二十年も前になりますけれどね、あるお旗本の祝い事に納めたかまぼこに不都合があった。大事な祝いの場になんてことをしてくれたんだって怒られて、もう、腹を切るか、店を閉めるかって覚悟したときに、加次郎さんが収めてくれたんですよ。だからね、世話になったのはこっちのほう」

惣衛門は恥ずかしそうな顔をした。

「あの仏像は代々あの家で守ってきたものなんです。加次郎さんにとっては、お金に代えられない大事なものですよ。商売なんだもの、いい時も悪い時もあるんです。ここを乗り切ったら、なんとかなるんですよ。だから、息子とも相談して工面した。あの仏像は買ったんじゃないんですよ。お預かりしているんです。あたしたちは信じてますから、加次郎さんのことを」

「毎日、お水をあげて祈っているだろう」

「いやいや、仏さまだからお仏壇におまつりしたんですよ。死んだ親父《おやじ》もお袋も加次郎さんのことをよく知っていますから、守ってあげてくださいねってお願いしながら、いっしょにお線香をあげている」

「惣衛門さんのお人柄が伝わるようなお話ですねぇ」

お高は感心した。

「そうなんだよ。そういう男なんだよ。だから俺もさ、こうやって気持ちよく長年付き合えるのは、惣衛門だからだよ」

徳兵衛が泣きそうな顔になる。

「まったくだねぇ。実《じつ》があるんだよ、この人は」

お蔦もうなずく。

「やめてくださいよ、ふたりとも。そんなんじゃないんですから」

惣衛門は大いに照れた。

その日、店を閉めて夕方に近い時刻だった。ひぐらしがカナカナと物悲しい声で鳴いていた。裏の戸を叩《たた》く者がいる。出てみると惣衛門だった。

「お忙しい時間に申し訳ない。作太郎さんはいらっしゃいますか？　ちょいと見ていただきたいものがありましてね」

「作太郎はおりますから、どうぞ、お入りください」

お高が招じ入れ、店のほうに案内した。作太郎がやって来てたずねた。

「お役に立てることなら、なんなりと」

「いや、昼間、お高さんには話したんですけれどね、古い知り合いから預かった仏さまがあるんですがね、少し気になることがあるんですよ」

　惣衛門は懐から大切そうに紫の布包みを取り出した。開くと五寸ほどの木彫りの古い仏像が出てきた。正面を向いた頭の周囲に小さなこぶのような十個の頭がついている。穏やかな笑みを浮かべる、親しみやすさを感じさせる姿である。

「十一面観音ですね」

　作太郎が言った。

　十一面観音はその名のとおり、十一の顔を持つ観音菩薩《ぼさつ》である。十一の顔が四方八方あまねくながめ、すべての衆生《しゅじょう》を救ってくれるといわれ、篤《あつ》く信仰されている。

「やさしいお顔ですねぇ」

　お高は言った。

「いいお顔をしていますよね。加次郎の家に昔からあるそうなんですがね。……ちょっと見てください。背のところに切り込みというか……」

「ああ、たしかに。なんだろう」

「なにか入っているみたいで、振るとコトコト音がするんですよ。開けてみようかと思ったけど、素人が下手《へた》に手を出して傷つけたら申し訳ないですから」

「私も仏像は素人ですよ」

作太郎は笑った。

「いや、失礼なお願いですみません。でもね、ほら……、作太郎さんはいろいろご存じだから。なんだと思いますか？」

「うーん」

作太郎は仏像をかるくゆすった。たしかに中になにか入っているらしい。

「たとえば水晶とか。ほら、運慶《うんけい》の仏像には水晶が入っているというじゃないですか」

「まぁ、……これは運慶ではないと思いますけれど。古くなって木くずがはがれたのかもしれませんねぇ」

作太郎は言葉を選んで伝え、仏像の背を楊枝《ようじ》の先で慎重になぞった。みぞがはっきりとして、小さなくぼみが見えた。

「蓋《ふた》になっているのかな？」

つぶやくと、さらに楊枝の先で押した。

「お高、私の道具箱を持ってきてくれ」

筆の先ではらい、小刀の先でゆっくりと押す。

お高も惣衛門も息を止めて、作太郎の指先を見つめる。やがてコトリと音がして蓋がはずれた。中は空洞である。

裏返してゆっくりと振ると、親指の爪ほどの大きさの巻物が転がり落ちた。赤黄青の三色の絹糸で縁をかがっている。なにやら由緒正しそうな姿だ。

「ほう」

惣衛門がつぶやく。

楊枝の先でゆっくりと開くと、五、六寸の長さになった。細かい字でなにか書いてある。

「ご真言《しんごん》でしょうか」

お高がたずねた。

「いや、もっと長い。お経じゃないのかな。お寺さんに見てもらわないと分からないけれど。お知り合いはこのことをご存じなかったんですか」

作太郎がたずねた。

「加次郎はなにも言っていませんでした。……めずらしいものなのでしょうか」

「おそらくね。中にお経が納められている仏さまは、ありがたいものかもしれませんよ」

「ありがとうございます。やっぱり、作太郎さんにうかがってよかった。これから加次郎のところに行って相談します」

惣衛門はなんども礼を言って帰っていった。


二日ほどした昼下がり、店を閉めた丸九に惣衛門がやって来た。

「先日はありがとうございました」

深々と頭を下げる。

「いい話になったようですねぇ」

片づけ物をしていた作太郎が手を休めてたずねた。

「あの後、加次郎といっしょに、菩提寺《ぼだいじ》をたずねて見てもらったんですよ。そうしたらね、般若心経《はんにゃしんぎょう》だって言われました」

「ほう、それはそれは」

作太郎は笑みを浮かべた。

「加次郎も喜びましてね。そういうあらたかな仏さまに守られていたのかって、あの男にしてはめずらしく涙ぐんでいましたよ」

「お友達も力が出たでしょうねぇ」

床几《しょうぎ》をすすめながらお高が言った。

「ええ。あの後、よい方とご縁ができて仏像をお譲りしました。おかげで加次郎も山を越えることができたんですよ」

「あら」

お高は思わず声をあげた。

てっきり守り本尊として大切に持ちつづけると思ったのだ。

「いやいや。一度は手放すと決めた仏さまですよ。まぁ、加次郎も思うところはあったでしょうけれど、これも十一面観音さんのお働きなんです」

惣衛門は預かると言っていたけれど、本心では借した金は返ってこなくてもしかたないと腹をくくっていたのだろう。安堵《あんど》した様子をしている。

「四方八方、丸く収まってよかったですなぁ」

作太郎は白い歯を見せた。


その日、昼のお客が帰った丸九に吟十郎がやって来て、作太郎と歌舞伎の装束《しょうぞく》の相談をしていた。

「この前、作太郎さんに言われて気がついたけれど、奥州藤原氏は気持ちのうえでは武者というよりお公家《くげ》さんなんですよねぇ。それを考えたら、男たちの装束もあんまり武骨なものはねぇ」

「『源氏物語絵巻』なら双鷗《そうお》先生の手伝いで写本をしたことがありますよ。女官もだけれど、男も色づかいがきれいなんだ。見栄えがしますよ」

「しかし、そこまでするとなると金がかかるなぁ」

ぶつぶつ言いながら吟十郎も乗り気になる。

人気芝居となれば錦絵《にしきえ》が売り出され、そうなると話題になってさらに客が入る。衣装がよければ役者も映えるわけで、錦絵となっても目をひくのだ。

「ここは考えどころだなぁ」

「たとえばね……」

最初の約束は土蜘蛛《つちぐも》の衣装だけだったはずだが、そんなことはふたりともすっかり忘れて作太郎もあれこれと知恵を絞る。

そんな作太郎には関わらず、厨房《ちゅうぼう》ではお高とお栄、お近、伍一、お桑が片づけをすすめていた。夜に店を開けない日なので、なんとなくのんびりとした気分であった。

小さく裏の戸を叩く者がいる。

お高が出ると、大きな風呂敷包みを抱えた中年の男が立っていた。

「こちらに作太郎さんという方はいらっしゃいますでしょうか」

「おりますが、どういうご用件でしょうか」

「大変な骨董《こっとう》の目利きだとうかがってまいりました。その先で茶屋を営んでいる者ですが、仔細《しさい》あって預かった茶碗《ちゃわん》があります。どれほどの価値があるものなのか、ぜひ見ていただきたい」

「茶碗ですか……」

「できれば見料のほうも、考えていただけるとありがたいのですが」

花柳界は噂《うわさ》が広まるのが早い。加次郎の仏像の話が広まり、いつの間にか作太郎は眼力《がんりき》のある骨董好きということになってしまったらしい。

「いやいや私はただの絵描きで、特別、骨董にくわしいということはありませんから」

作太郎はていねいに断った。

「しかし、双鷗画塾で師範となった方だそうじゃないですか。しかも、ご自分で焼き物もなさるとか。いい器をつくられると聞きましたよ」

いったい、どこでそんなくわしい話を聞いてきたのだ。

吟十郎はにやにや笑って「せっかくだから見てあげたらどうですか」などと言う。

「では、拝見するだけ」ということで店に入ってもらった。

風呂敷包みから桐箱《きりばこ》を取り出す。真田紐《さなだひも》をほどき、重々しい表情で抹茶茶碗を取り出した。全体が黒く、内側に青黒くしずくのような模様があった。

「日本橋で大きなご商売をされている若旦那なのですがね、払いが溜《た》まったのでお願いしたところ、少し待ってくれとこちらの茶碗を預けられたのですよ。大層いいものだとうかがったのですが」

作太郎は困った顔になった。

「どう思われますか……」

男は真剣な様子で作太郎の表情を見つめている。吟十郎もそばに寄って茶碗をのぞきこんだ。

「ほう、天目《てんもく》茶碗ですな」

吟十郎が言う。

鉄釉《てつゆう》のかかった茶碗のことで、油滴《ゆてき》のような模様があるものは茶人に珍重されている。

「やはり、そうですか」

男は目を輝かせた。作太郎は表情をくずさず伝えた。

「手放さず、大事になさったほうがいいですよ」

男は喜び、なんども礼を言って帰っていった。

見送った作太郎は吟十郎を振り返った。目が怒っている。

「よけいなことは言わんでくださいよ」

「天目には違いないだろう」

「違いますよ。あの青いしずくの模様は後からつけたんですよ。うなぎのかば焼きじゃなくて、山芋でつくった精進うなぎみたいなものだ」

「は？　そのたとえは少しおかしいんじゃないですか」

お高の目が鋭くなる。

「ああ、そうだったな。申し訳ない。……嘘《うそ》の花が咲くのが花街。茶屋の主だってそれぐらい分かっている。でも、まぁ、あきらめきれないというか、一縷《いちる》の望みをかけたというか……」

作太郎はため息をつくと、お高のほうに向き直った。

「もう、ああいう人たちが来ても断ってくれ」

二

お近が古道具屋をのぞいてみようと思ったのは、そんな一件があったからかもしれない。日本橋の北詰近くにあるその店は、近所の人からがらくた屋と呼ばれていた。店先の木箱には欠けた茶碗、蓋のなくなった土瓶、ひびの入った小皿に焦げた鍋《なべ》がほこりをかぶっている。中に入ると、棚や簞笥《たんす》がおかれ、そこにごちゃごちゃと雑多なものが脈絡もなく並び、積まれている。

そんなほこりだらけの古色蒼然《こしょくそうぜん》とした店にふさわしく、店主も年季の入ったはたきを手にした白髪の老人である。見かけはくたびれているが、店の隅々まで頭に入っているらしく、客がこれが欲しいと言えば、どこからか取り出してくる。もちろん、値も安い。なんとも便利な店なのである。

「あんた、なにを探しているんだね」

お近を見て、店主がたずねた。

「うーん。根付《ねつけ》かな」

お近は思いつきで答えた。

「ああ、根付ね。そんなら、ここにあるよ。あんたが自分で使うのかい？」

店主は木箱を取り出した。そこには、さまざまな色と形、材質の根付が入っていた。

お近が上にあったひとつを手に取ると、木彫りの打ち出の小槌《こづち》だった。

「それは中に小さなお宝が入っているよ。縁起ものだ。振ってみな。音がするだろう」

耳元で振ると、からからと乾いた音がした。

「お宝は取り出せるの？」

「いや。それは無理だね。お宝が出ていってしまったら、値打ちがないだろう」

いやいや、宝が転がり出てくるから価値があるのだ。いくら振っても宝が手に入らないなら、絵に描いた餅《もち》ではないか。

お近は店の中を見回した。

要《かなめ》のとれた扇に、柄《え》のはずれたかご、音のしない鈴。

よくまぁ、こんなものをと思うようなものがおいてある。

ふと、盃《さかずき》が目にとまった。

白の薄手のよく見かける姿である。

そこに算木《さんぎ》を模した縦横の線と三角の山のようなものが描いてあった。

胸がどきんと鳴った。

あの両国の油問屋、一代で財を成した園田善四郎が持っていた盃とよく似ている。運を運んでくるという盃だ。

善四郎はその盃を十両でお近に売ると言った。だが、お近は断った。

そんな大金を持っていないかったし、その盃を買う覚悟もなかった。結局、その盃はお桑が手にした。

お桑はなんとしても、世に出たいと強く願っているからだ。

その後、初花たちともうひとつの盃の持ち主である占い師の青蛾に会いに行った。

そこで、お近は芸者と仲居の違いを思い知らされただけだった。

お近はその隣の秋草を描いた盃を手にした。

「きれいな盃だねぇ」

「そうかい。ひとつしかないから、安くしておくよ」

なにげないふうで例の盃を持った。

「こっちはなにが描いてあるんだろう」

「それは、つい最近、うちで買い取ったんだ。縦横の線は算木だ。難しい計算をするときに使う道具だ。で、その脇にあるのは底が四角で横から見ると三角。世の中でもっとも美しく、完璧な姿なんだそうだよ」

そうか、これが三つ目の盃なのか。

「これは、いくらなの？」

お近はたずねた。

「いくらでもいいようなもんだけど……。それはあんまり、おすすめしないなぁ。なんかわけのありそうなやつが持ち込んだんだよ。これは特別な盃で、運を運んでくるとかなんとか言うんだ。だったら、どうして自分で持っていないんだって聞いたら、自分には必要ないってさ。……わしが思うに、そいつは分不相応な運を手にして、身を持ちくずしたんだね。よい運も悪い運も、銭の裏表みたいなもんだから、身の丈に合わない運を手にすると不幸せを呼び寄せちまうんだ。『当たったら大変という富とふぐ』ってな、地獄を見るか、極楽か」

「まぁたぁ、おじさん、そんなことを言っておどかして」

お近はおどけた声をあげた。

「はは。まぁ、わしの見立てはいつもはずれるんだけどね」

「……その男の人はなにをしている人なんですか？」

盃を手にしたまま、お近はたずねた。

「聞かぬが花の吉野山《よしのやま》ってところかな。……持っていくかい？　あんたなら、いくら払う」

店主がたずねた。

お近は財布を取り出し、中身を見せた。銅銭が何枚かしか入っていない。

「もう、ほんとにこれしかないよ」

「よし、それでいい。持っていけ。銅銭だけに、後はどう（銅）なるか知らないよ」

店主はにやりと笑って手渡した。

お近は盃を手ぬぐいに包んで懐に入れた。それは帯の上で丸まって、お近が歩くたびに少し揺れた。

善四郎は言った。

——金や名誉が手に入ったからといって、幸せになれるとは限らない。幸せは心の問題だからな。

がらくた屋の店主は言った。

——身の丈に合わない運を手にすると不幸せを呼び寄せちまうんだ。

買ってよかったのだろうか。

そもそも自分はどんな運が欲しいのだろう。

まず金だ。もちろん金だ。

金があったら、おっかさんは仕立物の仕事をやめられる。腕のいい目医者に見せることだってできる。自分は着物や櫛《くし》やかんざしを買う。今の古い長屋を出て、新しい貸間に引っ越す。できれば風呂付き。自分で風呂を焚《た》くのは大変だから、女中も雇いたい。女中がいたら、料理もつくってもらえるのだろうか。

つまり、丸九に来る、おりきのような暮らしということか。

お近は足を止めた。

強い日差しが黒い影をつくっている。

朝風呂に入り、髪結いに行き、昼餉《ひるげ》を食べながら半時（約一時間）もしゃべり、夜は酒を飲んで一日が終わりになる。

そういう暮らしがしたいのか？

悪くはないが退屈そうだ。望んでいるものとは少し違うような気がする。

女の幸せといえば、好きな男といっしょになって、その男の女房となって子供を産むことだ。亭主は働き者で、子供はかわいい。朝から掃除、洗濯、料理をして、賃仕事でも稼ぐ。悪くない気もする。

お近は好きだった男の顔を思い浮かべた。

品川の漁師の四男の剛太《ごうた》。今や人気絵師となったもへじ。とんぼ返りの上手な門付《かどづけ》の男もいた。

女房になることが想像できるのはもへじだ。もへじはいい男だが結局はお近のほうがあきらめた。

この先、所帯を持ちたいと思えるような、向こうもいいと言ってくれる、そういう男に出会えるだろうか。

そのあたりは少々心もとない。お近は飽きっぽいのである。熱をあげるのも早いが、すぐ冷める。お栄は、つまらない男といっしょになるくらいなら、ひとりでいるほうがずっといいと、いつも言っている。

金のことを別にすれば、丸九で働くのは楽しい。朝早く起きるのが辛《つら》くても、夜遅くまで宴《うたげ》が続いて疲れ果ててしまっても、お客においしいと言われると、そういう苦労は忘れてしまう。もっともお近は料理をつくらず、運んだり、片づけたり、洗ったりするのが仕事だけれど。ともかく、お高とお栄と、作太郎と伍一と……お桑のいる丸九が好きだ。

着物も帯もかんざしも欲しい。着飾りたい――そう思っていたはずだ。

けれど、どうしてだろう。どんなふうに生きたいかと考えたときにはかすんでしまう。たとえ大金持ちになって、働かなくても暮らせるとしても、今のまま丸九で働きたい。

それを幸せというのではないだろうか。

「そっかぁ。つまり、おっかさんが楽できるくらいの金があればいいんだな」

お近は懐に手をあてた。

「おっかさんの目が痛みませんように、無理して働かなくてもよくなりますように。そういう運をあたしにください。あたしのことは、その後でいいですから」

ぽんぽんと二度叩いて、お願いした。

よく晴れた日で、行き交う人でいっぱいの通りの向こうに富士山が見えた。それだけで得をしたような気持ちになる。

丸九に戻ると、裏の戸のところに男がいて、お高が対していた。

「いや、申し訳ありませんが今、骨董の目利きのほうはお断りをしているんですよ。作太郎もそういう力は自分にないからと言っていますし」

「いや、そこのところをですね、なんとかひとつ」

男は粘る。

茶屋は代金の代わりに引き取った壺《つぼ》や掛け軸、茶道具。芸妓《げいぎ》は客からもらったかんざしや笄《こうがい》。お客として来ていて、たまたま知り合った男から買ってしまった逸品など、花街にはいわくありげな骨董があふれている。それらの値打ちを知りたいという者がたくさんいるのだ。

作太郎はきっぱり断れと言うが、お高としては相手の機嫌をそこねて丸九の評判を落とすのが怖い。それを見越して相手も粘る。押し問答になるのである。

男が帰ると、お高は小さくため息をついた。

「もう、いい加減忘れてくれてもいいのにねぇ」

その言葉を聞き流し、お近は懐の盃を物入れの奥においた。

そのとき、また、だれかが裏の戸を叩いた。

お高が出ると、新兵衛が立っていた。

「お休みの時間に申し訳ありません。作太郎さんはお手すきでしょうか」

ていねいな様子でたずねた。

「どのようなご用でしょうか」

お高は用心深くたずねた。

「このごろ、母が毎日、水晶の珠《たま》をながめているんです。そうして物思いにふけっているんです。時には話しかけたりしています」

「水晶の珠にですか？」

「そうなんです。手を合わせて祈ったり、じっとながめていたり。おかしいと思いませんか」

新兵衛は真顔でたずねた。

「そうですねぇ」

どうやら、水晶が本物であるかという相談ではなさそうだ。

「なにかご事情があるんでしょうか」

お高が返事に困っていると、作太郎がつかつかとやって来た。

「それは水晶の珠云々《うんぬん》ではなくて、なにが、お母さまをその水晶に向かわせているのか。なにか心配ごとがあるのではないか。そういうご相談ですよね」

「……ええ、まぁ、そうですね……」

「だったら、そのことはお高が承《うけたまわ》りましょう。女同士、分かることもあるでしょうから。お高は新兵衛さんの話をよく聞いてあげたらいい。私はこれから吟十郎さんのところに出なくてはならないから。よろしく頼む」

さっさと出ていってしまった。

それで、お高が新兵衛の話を聞くことになった。

小上がりで向かい合うと、新兵衛はほっとした様子になった。

「いや、ありがとうございます。水晶の珠のことだから作太郎さんかと思ったんですが……。そうですね、私が心配しているのは、なぜ母が水晶の珠に心を奪われてしまったかということなんですよ。……そうそう、以前、徳兵衛さんに言われたことがあった。困ったことがあったらお高さんに相談しなさい。親身になって聞いてくれて、いいほうに持っていってくれるからと」

「いや、そんなことはありませんから」

お高はあわてて答えた。いつから、そんなことになっているのか。お高の胸におどけて笑っている徳兵衛の顔が浮かんだ。また、よけいなことを言って。気を取り直してたずねた。

「それで、その水晶の珠に気づいたのはいつからなんですか」

「ひと月ほど前なんです。母は自分の好きな人形や置き物を棚に集めているのです。ある日、たまたま私が部屋をのぞいたら、見慣れない水晶の珠があったんです。そのときは気にならなかったのですが、母がその珠をじっとながめたり、手を合わせておがんだりする姿を見るようになりました。ひとりで出かけることも増えたんです」

「お出かけになる……？」

「母はもともと家にいることが好きで、めったに外出はしません。ですから、どうしたのかと思って……」

お高は新兵衛の色白のつるりとした顔をながめた。

父親は体の大きな、覇気のある顔つきをしていた。それに比べると、若いとか、惣《そう》領《りょう》息子であるとかいうことを差し引いても、おとなしげな頼りない感じがする。

お茶を運んできたお栄が話に割り込んだ。

「失礼ですけれど、お母さまが買ったのは水晶の珠だけなんですか？　もっと、いろいろなものを買わされているのじゃないんですかねぇ。あるいはお布施とか……」

「お布施？」

「だって水晶の珠といったら占いとか、信心でしょ」

お栄が決めつける。

「えっ、占いですか？」

新兵衛が驚いた顔になる。

「お母さまはおいくつですか？」

「五十過ぎですが」

「ああ、それだ。それですよ。女は四十から先は気持ちも体も変わるんです。私も覚えがあるんですけれど、ひどく疲れる。夜、眠れない。気うつになる。今まで簡単にできていたことが、できなくなる。涙もろくなって先々のことをくよくよ悩む……」

お栄は自分の言葉に自分でうなずく。

「そういえば、腕があがらなくて帯が結べないと言っていました」

「なるほど、なるほど。新兵衛さん。あなたにはおっしゃらないかもしれないけれど、お母さまのお心にはきっと、いろいろなことがあると思いますよ。今のあなたがやるべきことは、お母さまの心配を取りのぞくこと。お父さまを助けて、立派な跡取りになるのだということを行いで示すことですよ」

「あ、はぁ」

急に新兵衛の声が小さくなった。

お栄はお高の隣に座り、新兵衛に語りかけた。

「今、お母さまの心には隙間《すきま》ができている。その隙間を幸せで埋めてあげるのは、新兵衛さん、あなたのお仕事ですよ。お母さまが一番大事に思っているのは、あなたなんですから」

強い調子で言う。

「……そうなんですか?」

新兵衛は助けを求めるようにお高を見た。

「まぁ、それはそうでしょうねぇ」

お高はあいまいに答えた。すかさずお栄が駄目押しをする。

「ね、ご自分でも分かっているんじゃないですか? なにかひとつ、小さなことでいいんですよ。続けてごらんなさい。それが、お母さまの心の隙間を埋めることになりますよ」

思うところがあったのだろう。新兵衛は神妙な顔でうなずくと帰っていった。

「お栄さん。あんなこと言って大丈夫なの?」

新兵衛を見送って、お高は言った。

「大丈夫ですよ。だいたい、お高さんだって話を聞いたときに思ったでしょ。あの惣領息子がいつまでもふらふらして、しっかりしないから、水晶の珠なんか買わされちゃったんですよ」

「まぁ、そうかもしれないけれど」

知り合いに娘が縁遠いと悩んでいた母親がいた。じつは娘には心に想う男がいて、話がきても端《はな》から断っていたのだが。

その母親はたまたま家にやって来た商人から壺を買った。その壺は羊羹《ようかん》が好きで、毎日羊羹を供えるとご利益があると聞かされ、母親はそのとおりにしていた。

少し考えればおかしいと思うはずなのに、なぜ信じてしまったのだろう。

それからしばらくして、娘は男と所帯を持つことになった。母親の望んでいたような縁ではなかったが、娘夫婦は幸せそうで、母親も喜んだ。

あの壺はどうなったのか。

案外、あっさり屑《くず》屋に出してしまったのではなかろうか。

お高は厨房に戻って、ごぼうの皮をこそげはじめた。

「前に新兵衛さんは店を継ぎたくないって言っていたよ。自分にはもっとやるべきことがあるんだって」

えびの殻をむきながらお近が思い出したように言った。

「なにをやりたいの？」

お高がたずねた。

「萬右衛門《まんえもん》さんのところで、読本《よみほん》とかつくりたいらしい。でも、自分から行って弟子入りを願ったりするのは嫌なんだって」

「その程度の覚悟では、何者にもなれませんよ」

厨房の隅でねぎを刻んでいたお桑がぼそりとつぶやいた。

「おいら、箸仙のおかみさんのことを知っているよ。豆腐屋で奉公しているとき、豆腐を届けていたんだ。やさしくていい人だ」

伍一が声をあげた。

「あら、そうなの？」

「夏に行くと、のどが渇いてないかいって水をくれるんだ」

「そうかい。使いの小僧にねぇ」

お栄がつぶやいた。出入りの、それも年端のいかない奉公人に心を配るおかみは、そう多くない。やさしい人なのだろうとお高も思った。

三

数日後、北の橋詰に買い物に出たついでに、お高は箸仙に寄った。

箸仙は名の通った大きな店である。普段使いのものから杉の祝い箸や漆塗《うるしぬ》りや象牙《ぞうげ》製の贈答品まで箸ならなんでもそろう。仙の字を染め抜いた藍《あい》色ののれんが遠くから見えた。

店で使う取り箸の先が傷んだので新しいものを買い、出てきたときに女に呼び止められた。

「間違ったらごめんなさい。丸九のお高さんじゃありませんか。箸仙のおかみの品《しな》です」

黒の結城紬《ゆうきつむぎ》の地味な着物を着ていた。面長のつるんとした顔の目元が新兵衛とよく似ていたので、新兵衛の母親だとすぐに分かった。

「新兵衛に意見をしてくださったでしょう。一度、お店にうかがってお礼を言おうと思っていたんですよ。おかげさまであれから、なにも言わないのに毎朝、店の前を掃くようになったんです」

「意見なんてとんでもないことです。出すぎたことをいたしました」

お高は頬を染めた。

お栄の言葉は思いがけず新兵衛に届いたようだ。

「少しお暇がありますか。この先に水茶屋があるんですよ」

指差す先に、赤い毛氈《もうせん》を敷いた小屋掛けの水茶屋があった。

ふたり並んで座ると、お品は冷たい水と杏《あんず》の蜜をかけた白玉を頼んだ。暑い日差しを歩いた体に冷たい水が心地よい。井戸水で冷やした白玉はひんやりと冷たく、つるりと舌になめらかで甘酸っぱい杏の蜜に目を細めた。

「よくよくあの子に話を聞いてみたら、水晶の珠のことをたずねにそちらにうかがったそうじゃないですか。そんなこと、お宅に聞くのは筋違いですよねぇ。申し訳ありません。まったく、いくつになっても頓珍漢《とんちんかん》なんだから」

お品は困ったものだと言うように笑った。屈託のない様子に、お高は昔からの知り合いのような気持ちになった。

「どこかにお詣《まい》りに行ってらっしゃるのですか」

お高はさりげなくたずねた。

「谷中にね、富士講《ふじこう》があるんですよ。亡くなった父が懇意にしておりまして、私は嫁いでからご縁が切れていたのですが、たまたま、そこの御師《おし》の方と道で会って声をかけられたんです」

富士講というのは富士山信仰のことである。講をつくり、御師という案内をたてて富士山に登る。もっと手軽に、あちらこちらの富士塚を登ることもある。

「では、水晶の珠はそちらから」

「ええ。甲斐《かい》のほうでは水晶が採れるそうなんですよ。魔除《まよ》けになると言われて求めました。特別、高価なものではないのですけれど、芯《しん》のほうがわずかに紫がかっていてね、きれいなんですよ。ずっとながめてしまいます」

「そうだったんですね」

お栄が心配するようなものではなかったようだ。お高は安堵した。

「御師が言っていました。ご来光というのですか、富士山の日の出はそれはすばらしいものだそうです。群青《ぐんじょう》から紫、紅《くれない》、黄、藍とさまざまな色がまるで錦のように重なりあって輝くと聞きました。山頂までの道のりはとても険しいのですけれど、その苦労を忘れてしまうそうです」

「いつか、ご覧になれたらいいですね」

「そう思うんですけれどねぇ。だけど、あの富士山ですよ。もう、考えただけで疲れてしまう。……だから、登るのはやめて、富士山がよく見えるところに行こうと思うんです。三保《みほ》の松原《まつばら》とか……、もう少し近い所なら鎌倉の由比《ゆい》が浜《はま》もきれいなんですって」

お品はうっとりとした目をした。由比が浜は相模《さがみ》湾をはさんで向こうに江《え》ノ島《しま》、その先に大きな富士山を望むのだ。

「なるほど」

「でもねぇ、それでも五日、もっとかかってしまうでしょう。そんなに家を空けられないわ」

お品は穏やかにほほえみ、白玉を口に含んだ。頬がふっくらとふくらんで、娘のようなかわいらしい様子になった。

「私には四つ違いの姉がいるんですよ」

話が突然、とんだ。

「旅籠《はたご》に嫁いでおりまして子供が四人、お舅《しゅうと》さん、お姑《しゅうとめ》さんもいらっしゃる。旅籠は食事と風呂の用意があって、床ものべるでしょ。もちろん人も使っているんですけれど、それでも朝も早いし、夜も遅い。気を遣う仕事なの」

「そうでしょうねぇ。私も料理屋なので、その忙しさは分かるような気がいたします」

お高は答えた。

「姉は私に言うんですよ。あんたは店には出ないで、家のことさえしていればいい。子供は新兵衛ひとりで、舅も姑も長患いもせずに見送った。楽ばかりしてずるい」

「まぁ」

「人間、楽をしているとぼんやりになる。子供のころからぼんやりだったけれど、最近、ますますそれがひどくなった。建て付けが悪くて閉まらなくなった雨戸みたいな、間抜け顔だって」

「そんなことをおっしゃるんですか？」

お品はふふっと笑った。

「お高さんは姉妹はいらっしゃらないんですか？」

「ええ。ひとり娘です」

「じゃあ、分からないわねぇ。姉妹って遠慮がないんです。痛いところを平気で突くの。姉によく言われます。お品ばかりがかわいがられて、自分は損をしたって」

「お姉さまはしっかり者なんでしょうねぇ。だから、ご両親もまわりの方も頼りにするんですね」

「そうなんです。嫁ぎ先でもおかみさん、おかみさんってみんなに頼られ、あてにされて。本人もそれがうれしいの。帳場も見るし、料理も、掃除もみんな姉が仕切っている。人に任せられないのね。だから、忙しいのもみんな自分のせいなのよ。それなのに、私のことをあれこれ言うのはおかしいわ」

お品は口をとがらせた。

そうか、姉妹はこんなふうに張り合うのか。

お高はお品の若々しい横顔をちらりと見た。

「姉は幼なじみといっしょになったんだけれど、私はそういう人はいなかったから、相手は父が決めたの。うちの人を初めて見たのは祝言《しゅうげん》の日よ。十歳も年上で、そのうえ若白髪だから父親のような感じがしたわ。向こうも、私をずいぶん幼いと思ったんでしょうね。店のことは心配しなくていいから、家のことだけやるようにって。おかげさまでずっと幸せにやってきたわ。でも、さすがに私もこのままでいいのかなと思うことがあるのよ」

お品は小首を傾《かし》げた。

「つい十日ほど前のことなんですけれどね、道の向こうから、何年も前に亡くなった舅が歩いてくるの。あら、いやだ、お盆はとっくに過ぎたのに、なんでまだ、こっちにいるのかしら。そう思ってよく見たら……、うちの人だったの。頭の格好から歩き方からそっくりなの。親子は年をとると似てくるっていうのは、本当ね」

お品があまりに無邪気な様子で言うので、お高はつい笑ってしまった。新兵衛のやさしい、少々のんびりした性格はお品譲りなのだろうか。とはいえ、跡取りとしては少々頼りない。もう少し商いに身を入れてもらいたいところだ。

もしかしたら、そんな思いがお品を水晶の珠に引き寄せているのかもしれない。

「いい夕暮れねぇ」

お品はそう言って西の空を見上げた。薄青い空の端が染まりはじめている。今日も、きれいな夕焼けが見られるかもしれない。

「そうだわ。富士山を見に行きませんか。橋の上から富士山がよく見えますよね」

お高が言うと、お品はうれしそうに声をあげた。

「そうね。あそこはいいわ」

ふたりで日本橋まで行った。行き交う人であふれている日本橋の中央に立ち、西のほうを見た。眼下には青く、ゆったりと流れる神田川。大川《おおかわ》の両岸には豊かな江戸を表すように米などを収める蔵が続いている。千代田《ちよだ》のお城は堂々と美しく、日を浴びて輝き、さらにその先に、すっくと富士のいただきが見えた。

空は赤みを増し、富士を染めた。

赤く、赤く。神々しいほどの美しさだ。

「お高さんは箱根《はこね》を越えたことがありますか？」

「いいえ。まだ、ありません」

「姉は一昨年、お伊勢《いせ》詣りに行ったの。講でずっとお金を積み立てていたんですって。

すばらしかったって。私は品川の先にも行ったことがないわ。そう言ったら姉に笑われた。あんたは箱根どころか、多摩川《たまがわ》だって越えられない。自分で何ひとつ決めたことがないから無理だって……。そのとおりなのよ。箸仙に嫁いだのも父が決めた。それから、ずっと家のことをして暮らしてきた。子供のころは父に守られて、今はうちの人に」

ほろりと涙がこぼれた。

——痛いところを平気で突くの。

お品が触れられたくないのは、ここだったのか。

「そんなこと、ありませんよ。ちゃんと家を守っているから、ご亭主はお店の仕事に専念できたんですよ。お舅さん、お姑さんを見送って、息子さんを育てて。立派にお役目を果たしているじゃないですか」

「そうなんだけど」

「一度、由比が浜にいらしてみたらどうですか？　堂々とした大きな富士山を見られますよ」

「無理よ、私には。だって何日もかかるのよ」

お品は悲鳴のような声をあげた。

由比が浜まで片道二日。往復すれば四、五日の旅になる。

「うちの人の着るものは私が用意しているんです。ぬかみそをかき混ぜるのも私なんです。新兵衛のお産のときにしばらく女中に任せたんですけれど、すっかり味が変わって元の味に直すまでが大変だったの。それからご飯もね、最後に火からおろすときは私が決めるんです。女中たちに任せると固かったり、やわらかかったり、毎日変わってしまうから……」

「行けない理由を考えたら、だめですよ」

お高は穏やかに諭した。

「そうよね。分かっているの。私が行きたいって言ったら、うちの人は快く送り出してくれるんだけど……」

お品は顔を上げて、お高をまっすぐに見た。

「私は甘えん坊で、みんなにかわいがられて……、ずっとそういうふうに生きてきたの。一度も自分でなにかを決めたことはないけれど、多摩川を渡ったこともないけれど、それが私の幸せだ。そう思ってきた。でもね、このごろ思うのよ。姉のようにしっかり者で……、なんでも自分で決めて……、思ったように生きてみたかった。そう考えるのは、欲張りなことなのかしら」

「……分かりません」

お高は言葉に詰まった。その問いはそのまま自分に返ってくる。

人はひとつの生き方しかできない。

もっと違う道、歩き方があったかもしれないと思っても、同時にふたつの道は選べない。お高はしっかり者だ。そのお高は作太郎と暮らしている。作太郎にいい絵を描かせたいと願っているけれど、作太郎は違うようだ。作太郎は幸せなのだろうか。幸せだと思っているのは、お高だけではないのか。

ふいに胸のうちを冷たい風が吹き抜けていく。

「でも、もし、今、そう思うのなら……、一歩踏み出してみるのも悪くないと思います。小さなことから変えてみるとか」

「朝、家の前を掃くとか？　新兵衛みたいに」

お品はいたずらっぽい笑みを浮かべた。

「私もなにかはじめてみようと思います」

「あら？　あなたも？」

「はい。いろいろ思うところがあるんです」

ふたりは顔を見合わせて笑った。

お品と別れて丸九に戻ると、お近がいた。

床几に座って盃を見つめていた。

「あら、その盃……」

お高が声をかけると、お近はあいまいな笑みを浮かべて答えた。

「そう。油問屋の善四郎さんからお桑さんがもらったのとそろいの……、運を運んでくるっていう盃。古道具屋でたまたま見つけて。前の持ち主が手放したんだって」

「もう、十分運を手にしたのかしら」

善四郎はお桑に盃を譲るとき、そう言った。

「違うみたい。古道具屋のおじさんが言ったのよ」

――わしが思うに、そいつは分不相応な運を手にして、身を持ちくずしたんだね。よい運も悪い運も、銭の裏表みたいなもんだから、身の丈に合わない運を手にすると不幸せを呼び寄せちまうんだ。

「そんなことを聞かされても、買ったのね」

「だって、幸せになりたいもの。でもね、どういう運を引き寄せたいのか、だんだん分からなくなっちゃった。はっきりしているのは、おっかさんを楽にさせたいってこ

とだけ
「親孝行ねぇ。お母さんが聞いたら喜ぶわ」

お高は水をくんで、自分とお近の前においた。

「そりゃあ、きれいな着物も帯も欲しいけど、丸九で働いているならその暇も行く場所もないでしょ」

「お金が出来たら、ここで働かなくてもいいじゃないの」

「働きたいんですっ。丸九が好きだから。今のまんまの丸九がずっと続いて、あたしもここで働いて。そういうのはだめなのかなぁ」

お近は頬をふくらませた。

「気持ちはうれしいけど……」

時は止まらない。人の気持ちは変わる。同じ場所に留《とど》まることはできない。

そんなふうに思うのはお品と話をした後だからだろうか。

「あーあ、お桑さんはいいわよね。あの人は自分の欲しいものが分かっているから。立派な絵描きになる、それだけ。ほかのものはいらない。さっぱりしているよ」

だが、逃げ場のない崖《がけ》っぷちの道を歩いているようなものだ。

お高たちが想像するより、ずっと辛いのではあるまいか。

「ともかく、せっかくめぐりあえた盃だもの。大切にしたら。きっとお近ちゃんにいい運を運んでくるわよ」

「そうよね。そう思うことにしよう」

お近はそっと盃をなでた。


空が高くなり、ようやく朝晩の涼しさが戻ってきた。裏庭の桔梗《ききょう》が小さな花をつけた。

惣衛門、徳兵衛、お蔦がいつものようにやって来た。

この日の膳はさばの塩焼きに精進うなぎ、瓜と油揚げのみそ汁に香の物、冷たい汁粉《しるこ》である。

「おや、精進うなぎですね。すっかり好物になりましたよ」

惣衛門がうれしそうな顔をする。

「案外、評判がよいんですよ。また食べたいって言われるんです」

お高の顔もほころぶ。

「おや、いつものお三人。私もごいっしょさせていただいてよろしいですか」

新兵衛が加わった。

「このごろ、家業に精を出しているそうじゃないですか。評判だよ」

徳兵衛が言った。

「いやだなぁ。朝、店の前を掃除しているだけですよ。しかし、早起きっていうのは気持ちのいいものですね。しゃきっとなります。酒もほどほどになったし」

「それはいい心がけだ」

お蔦がほほえむ。

じゅうじゅうと音をたてている熱々のさばをのせた膳をお近が運んできた。パリッと焼けた皮を箸でくずすと、中から脂ののった白い身が顔を出す。しょうゆをかけると、香りが立ちあがる。白飯が欲しくなる味だ。

「ほう、いい焼き加減だ。名人芸だね」

「今日は作太郎さんが焼いてますから」

お高はつい自慢してしまう。

いい絵を描いてほしいと思う一方で、こんなふうにいっしょに厨房に立つのもうれしいのだ。

「季節がよくなったから、母は富士を見に由比が浜に行きたいそうです」

精進うなぎを口に運びながら新兵衛が言った。

「ああ、それはいい。あそこは、富士山がよく見えるそうだから」

「だけど、残されるほうは大変なんですよ。父の着物の用意とか、ぬかみそのかき混ぜ方、ご飯の炊き方、そういうのを今、私が習っています。旅の途中で自分になにかあったらいけないからって。なんで、私なんだ。まったく心配性なんだから」

「そういうのは大事ですよ。お母さまが大切に守ってきたものですからね」

惣衛門がまじめな顔で言った。

「お、ひとつできたぞ」

徳兵衛が顔を輝かせた。

「なぞかけですか？」

惣衛門がたずねる。

「もちろん。箸仙のおかみの旅とかけて、宝物が入っていた古い仏さまととく」

「なんですか、また、その話ですか。もう、いいですよ」

惣衛門が困った顔になる。

「いいじゃないか。あれは、めでたい話だよ」

お蔦が取りなす。

「その心は……出るまでが大変で、出てからも大変です」

「はは。まったくそのとおり。うちのお袋のことですよ」

新兵衛が膝を打つ。

「いえいえ、加次郎の仏さまのほうは一件落着ですからね」

惣衛門が言う。

「そんなことないです。あれ以来、お宝を見てほしいというお客さまがいらっしゃって、こちらはまだまだ大変ですよ」

お高が口をとがらせたので、徳兵衛たちは腹を抱えた。

第四話　元禄鯛と芸

一

いつものように、朝、のれんを上げると外で待っていたお客が次々と入ってきた。その中に幇間《ほうかん》の玉七がまじっていたので、お近は驚いた。連れの男は初めて見る顔で、どこぞの旦那衆とお見受けする。朝まで飲んで腹をすかせてやって来たのか。

玉七とお高がお桑の絵のことでもめたのは、つい最近だ。玉七、今日からあんたはうちの客じゃない、とお玉に啖呵《たんか》を切られたことなどすっかり忘れた様子である。

朝餉《あさげ》を出す店ならほかにもあるのに、なぜ、今さら丸九にやって来るのか。図々《ずうずう》しいにもほどがあるではないか。

そう思ったが、お近もそこそこ年季を積んできている。なに食わぬ様子で玉七のそばに寄った。

「毎度ありがとうございます。今日の朝餉は鋤焼《すきや》きと五目おから、しじみのみそ汁に白飯、ぬか漬け、甘味に冷たい汁粉《しるこ》です。鋤焼きは、鯛《たい》の白身魚にねぎ、春菊、糸こんにゃくをさっと焼いてから砂糖としょうゆをふって味をからめたものです。甘じょっぱい味がからんだ魚やねぎを大根おろしで食べるのが、おすすめですよ」

つらつらと口上を述べた。

もともと鋤焼きは英《はなぶさ》のまかないに食べていたものだ。朝一番でやって来る働く男たちに塩焼きは少々物足りないので、この鋤焼きとなった。刺身で食べられる新鮮な魚の切り身は焦げ目をつけるくらい皮目をしっかり焼き、身のほうは半生で仕上げる。

丸九の名物料理のひとつである。

「へい、お待ち」

元気のいい声をあげて、お近が湯気をあげる鋤焼きやみそ汁をのせた膳を運んできた。

「ほう、うまいなぁ。うん。ひと口食べて気がついた。俺は腹が減っていたんだよ」

玉七の連れは目を細めた。

「ここはね、朝餉もいいけれど、夜の座敷の料理がまたいいんですよ。二階はひと部屋、ひと晩にお客はひと組ってことですよ。それにね、魚は品川漁師の一本釣り。今朝の煮魚もそうだけど、生きがいいでしょ」

自分も鋤焼きにかぶりつきながら玉七が言った。

「ああ、味つけがまたいいね。いい板前がいるんだろうね」

「それが、おかみが料理をしているんですよ。三年ほど前になるかなぁ。惜しまれながら閉めた日本橋の英のことはご存じでしょう。あまたの食通に文人墨客、名のある方々が通った料理屋ですよ。この店の先代主人が英で板長をしていた人で、おかみはその娘。父親からみっちり料理を仕込まれたってわけですよ」

まったくなんでもよく知っている。

お近は舌を巻いた。

食事を終えて帰りがけ、茶を注ぎにやって来たお高を見つけて、玉七は大きな声を出した。

「お高さん、いつもご贔屓《ひいき》を賜《たまわ》りまして。玉七ですよ。そして、こちらのご仁は日本橋の紙屋の土佐屋《とさや》さん。有名な紙屋さんだから、お高さんも、もちろんよくご存じでしょ。こちらのご亭主は双鷗《そうおう》画塾《がじゅく》で学んだ絵師なんですよ」

「そりゃあまた。双鷗画塾にはご贔屓をいただいているんですよ。うちで扱う紙は絵の具ののりがいいそうでね」

土佐屋の主《あるじ》は顔をほころばせた。

「まあ、ありがとうございます。これからもどうぞ、よろしくお願いいたします」

お高はふたりに頭を下げることになったのである。


結局、玉七にしてやられてしまったようで悔しいお近は、その日の午後、たまたま道で会った芸者の初花に話した。

踊りの稽古《けいこ》帰りで浴衣《ゆかた》姿の初花はけらけらと笑った。

「一度や二度、出入り禁止って言われてめげるような玉七さんじゃないわよ。あの人はあっちこっちでもめごとを起こしてるんだから。待合だったら詫《わ》びを入れるだろうけど、丸九さんならなしくずしってところね。もう、すっかり忘れた顔でやって来るわよ」

「そういうことなの？　なんだか、腹が立つ」

「お宅はおぎん姐《ねえ》さんがよく呼ばれるでしょ。玉七さんも来たいのよ。あの人、おぎん姐さんに惚《ほ》れているから」

「そうなの？」

お近は玉七の頬骨のとがったやせた顔を思い浮かべた。

宵の口、呼ばれてやって来たときは目を輝かせ、楽しくてしかたがないという様子で客の前に出る。よくしゃべり、おどけながら場を盛り上げ、芸者を引き立て、客を喜ばせる。

だが翌朝、朝餉を食べに丸九にやって来るときは、疲れた様子で目の下にくまができている。顔見知りを見つけるとすりよって、勘定を払ってもらう。それが幇間の生きざまだと言わんばかりに。

「あの人、元は舶来の品物を売る店の主でね。羽振りがいいときもあったんだけど、あるとき偽物をつかまされたのがつまずきの始まりで、とうとう店も手放して、もう首をくくろうかってくらい追い詰められたときに、おぎん姐さんに拾われた。お客としておぎん姐さんを贔屓していたんだって。おぎん姐さんの口利きで師匠に一年ほど弟子入りして、幇間のいろはを習った。さんざんお客として遊んでいたし、器用な人だからすぐにお座敷に出られるようになった」

「じゃあ、幇間は天職だったってこと？」

「どうかしらね。うちのおかあさんが言うには、玉七さんは昔のよかった暮らしが忘れられない。だから、ひょっとしたときにそれが出る。俺はこんなことをしている男じゃないんだぞって気持ちが顔を出す。お客っていうのは敏感だから、それで、ときどきもめごとになるんだって」

「お桑さんに嫌みなことを言ったのも、それだったのかなぁ」

「そうよ。なんの関係もないお桑さんに意地の悪いことを言うなんて、ただの八つ当たり。だいたいね、幇間は芸者に惚れちゃだめなのよ。ご法度《はっと》。玉七さんはそこがもうひとつ、割り切れない」

「そういうものなの？」

「当たり前じゃない。幇間にしたら惚れた女がお客に口説かれているのを見たくないでしょ」

「まぁねぇ」

「お客のほうだって、幇間とねんごろだったなんて知ったら怒るわよ。お客は芸者に会うために高い花代を払うんだから」

初花はうぶ毛の光るようなすべすべの頬に似合わない大人の話をしゃきしゃきと語る。

そんな話をしていると、噂《うわさ》の主、おぎんが通りかかった。

「こんにちは。暑いわねぇ」

湯屋の帰りか、上背のあるすらりとした姿に白地に藍《あい》でなでしこを描いた浴衣がよく似合った。

年は二十二。指でつまんだような小さな鼻に目尻が少し上がった切れ長の目。嫌なものは嫌と言いそうなおきゃんな性格がお客の気持ちをくすぐるらしく、あちこちから声がかかる。自前芸者となって以来、旦那をもたずに踊りと三味線の芸を頼りにこの世界を渡っている。それが、さすが檜物町芸者だと人気をあおっている。

「ねぇ、おぎんさんは好きな人はいないの?」

「昔、幼なじみの人と好き合っていたらしいんだけど、〈阿《あ》さ川《かわ》〉のおかあさんに言われて別れたんだって。その人のことをまだ、思っているのかな。最初の旦那と切れてからはずっとひとり」

「ふうん。だから玉七さんはよけいにあきらめきれないんだ」

「そうだねぇ。おぎんさんも罪つくりな人なんだよ」

初花は急にまじめな顔になった。

「役者は舞台の上でお芝居をしてお客に夢を見させるでしょ。あたしたちはお座敷で夢を見させるのが仕事。だから、あたしたちの嘘《うそ》と真《まこと》は紙の表と裏みたいなもんなのよ。どっちも本当でどっちも幻。自分でも区別がつかない。素人《しろうと》さんの世界とは違うのよ」

初音はまたからからと笑った。

十歳のときに置屋の阿さ川に来てそこで育った。江戸でも指折りの札差《ふださし》を旦那にもって、その旦那を袖《そで》にして戯作者《げさくしゃ》に走って、その男とも別れた。

幼さの残るふっくらとした頬をして、お近と笑い合うけれど、初音はもう立派な花柳界の女なのだと、お近は思った。

二

翌朝、久しぶりに品川の漁師が朝餉《あさげ》を食べにやって来た。

父の富蔵と鉄平《てっぺい》、勇次《ゆうじ》、幸吉《こうきち》、剛太の四人の息子、そこにもうひとり、岩生《いわお》という若い男が加わっていた。末っ子の剛太はまだ少し頼りないが、ほかの四人は胸板厚く、腕はこん棒のように太く、肌は赤銅《しゃくどう》色に焼けてひげ面である。

「鉄平と勇次、幸吉に、そろそろ自分たちでやれって船を持たせたんだ。そんで、前の船は俺と剛太、岩生で回す。岩生は二十三。力があってよく働く。勘もいい」

挨拶《あいさつ》にやって来たお高に、富蔵はうれしそうに伝えた。

岩生の髪は潮をかぶったまま乾いて、髷《まげ》の先はばりばりと音がしそうにそそけ立っていた。太い眉毛の下に大きな目玉の、強い目をしていた。唇が厚く、首も太く、顔と同じ幅の太い首が盛り上がった肩につながっていた。船板一枚の下は海。少々の嵐に恐れることのない、海の男の面構《つらがま》えをしていた。

「まぁ、それは楽しみですねぇ。岩生さん、これからもご贔屓に」

お高が言うと、岩生は照れたようにぺこりと頭を下げた。

笑うと白い歯が見えた。意外にもかわいらしい感じがした。

四人の席で岩生の前にいたお客が去り、ちょうどそこにやって来たのは芸者のおぎんと初花だった。

「あ、いや」

あわてたのは、岩生である。

「ここは芸者衆もやって来るんだ」

落ち着いた様子で鉄平が言った。

薄く白粉《おしろい》を刷いただけのおぎんだが、器量よしは隠しようもない。

鉄平たちの膳《ぜん》を運んできたお近におぎんが言った。

「お近ちゃん、悪いけど、水を一杯もらえないかしら」

お近が水の入った湯飲みを手渡すと、白いのどを見せてぐいっと水を飲みほして、おぎんがふうっと息をついた。

「姐さん、昨夜は相当飲んだ口だね」

鉄平がからかう。

「生憎《あいにく》とね、飲んだふりして飲まないのが芸者なんですよ」

おぎんが軽くにらんだ。

お座敷でお客の料理に手をつけない。酒もすすめられたら口にするけれど、上手に断るのも芸のうち。おなじみに誘われて料理屋に行くこともあるけれど、ふつうはそのまま置屋に戻る。翌朝、顔がむくむからとおぎんは部屋に戻っても茶の一杯も飲まない。

そんなことをおぎんが説明すると、「へぇ、そういうもんか」と岩生はまじめな顔でうなずいた。遊ぶときは大いに遊ぶのが漁師たちの流儀だが、品川の一家も岩生も遊びには縁がない。

初花とおぎんはいい食べっぷりを見せた。

しじみのみそ汁をひと口飲んでから、鋤焼きの鯛で白飯を食べる。おからの煮物と香の物でひと休みして、また、汁、鯛と白飯と順繰りにまわりながら食べていく。みるみる鯛は骨になる。ご飯と汁はおかわりをした。

「相変わらずいい食べっぷりだねぇ」

鉄平が感心したように言った。

「舞台裏を見せちまったね。だけど、これから踊りと三味線をさらって昼過ぎには支度に入る。出る前にちょいと食べて、それから夜遅くまでお座敷があるんです。ちゃんと食べられるのは、今だけなんですよ」

骨をしゃぶって最後の身まできれいに食べる。さらに残った汁をご飯にかけた。

「ほんとはみそ汁をかけたいところだけれど、そこまでするとお里が知れてしまうからね」

おぎんは言った。

「いやあ、いい食べっぷりだ。俺は惚れちまうね」

三杯目の飯をがしがしと食いながら鉄平が言った。岩生は答えない。頬を染めてじっとおぎんを見つめている。惚れちまったのは岩生のほうらしい。

「なんだ、鉄平兄さんいい目を見ているなぁ。そっちは鯛に平目かぁ」

隣の席の勇次が振り返って文句を言った。

「あたしたちは鯛は鯛でも元禄鯛《げんろくだい》。見かけ倒しの食えない鯛ですよ」

おぎんが切り返した。

「すみません。お名前を聞かせていただけますか」

ずっとだまっていた岩生がたずねた。

「こっちは初花。あたしはぎんです。お見知りおきを」

さらりと答えるとふたりは軽やかに去っていった。


食べるには向かない元禄鯛（チョウチョウウオの仲間）だが、絵にはなる。その日、たまたま安房《あわ》でとれたという元禄鯛を、富蔵が土産《みやげ》に置いていった。

大きさは五寸ほど。口はとがって白地に橙《だいだい》色の太い縞《しま》が二本、さらに目のような黒い斑点《はんてん》がある。鯛と名がついているけれど、蝶々《ちょうちょう》のように浅瀬をひらひらと泳いでいる感じがする。

「きれいだねぇ。初めて見るよ」

ざるにのせた元禄鯛を伍一は目を輝かせ、見入っている。

「食べる代わりに三人で絵にして供養しようか」

作太郎が伍一とお桑を誘った。お高はその様子を豆のさやをむきながらながめた。

元禄鯛はざるにおいた笹《ささ》の葉の上で左を向いている。作太郎もお桑も当然のようにとがった口先から描くが、伍一はいつものように右上の背びれの先からはじめる。いつものやり方にこだわるのが伍一である。

伍一の絵は上手だが、子供の絵である。なにが違うのだろう。黒々とした輪郭線のせいだろうか。それとも色が均一にぺたりと塗ってあるからだろうか。

お桑はまさに生き写し。ぷいと突き出した口も、複雑な形の背びれもゆるがすことなく忠実に描いている。

作太郎の絵は勢いがある。筆はところどころかすれ、形は少しゆがんでいる。背びれの細かいところは省略している。けれど、楽しい。

お高だからそう思うのだろうか。

やはり作太郎は絵を描いているのが似合っている。お高の口元は勝手にほころんでくる。

「作太郎さんは、どうして惣衛門さんの持ってきた仏像の背中を開けてみようと思ったんですか？　最初から、なにか入っていると思ったんですか？」

絵筆をおきながらお桑がたずねた。

「いや。ただ、ことこと音がしたし、加次郎さんの家でずっと大事に守ってきたって言われたからね」

「でも、いかにも素人臭い、稚拙な仏さまでしたよね」

作太郎は顔を上げてお桑をまっすぐ見つめた。

「お桑さんはあの仏さまを素人臭いと思ったんですか」

「全体の形がよくなかったです。妙に肩が張っていたし、お顔も曲がっていたし……。名のある仏師《ぶっし》の手によるものとは、とても思えませんでした」

「たしかにそうだね。うまいとは言えない。でも、やさしい、いいお顔をしていましたよ。上手な人が『慣れ』でつくるものよりも、未熟な人の『精一杯』のほうが伝わると思いませんか？　あの仏さまには『まごころ』が感じられた。大切に守られてきたものだと思った」

お桑はしばらくだまって宙をながめた。それからきっぱりと言った。

「絵師の言葉とは思えません。だって、まごころだけでいいのなら、なぜ、私たちは技を磨くのですか。私はそういう……、中途半端なものは嫌いです」

「なるほどねぇ」

作太郎はまた自分の絵に向き直った。それからまた、お桑のほうを向いた。

「前から聞きたいと思っていたんだけど、お桑さんはどうして双鷗先生の京行きに加わりたかったんですか？　古いお寺には名品もあるけれど、そうでないものもある。お桑さんの言う『中途半端なもの』がたくさんありますよ。双鷗先生は名品に関わるだろうけど、お桑さんは中途半端なものばかり扱うことになる」

お桑はまただまった。それから押し殺したような声でつぶやいた。

「京に行くのは選ばれた証《あかし》なんです」

「なにをするかより、選ばれたということのほうが大事なんですか」

お桑の頰が染まった。

「そうですよ。決まっているじゃないですか。剣の道だったら果たし合いがあるでしょう。子供のかけっこだって一番が決まる。でも、絵はだれが、どうやって決めるんですか。双鷗画塾では、双鷗先生が決めるんです。百の言葉よりも、京行きに選ばれたということが証になります」

「でも、お桑さんは選ばれなかった。双鷗先生に直接、理由を聞いたんでしょ。女の人だということもある。だけど、本当の理由はそれだけじゃない」

お高は豆のさやをむく手を止めて、作太郎とお桑を見た。

「双鷗先生に聞いたんですか」

お桑は強い目をして作太郎を見た。

「聞いたよ。だって、先生はつねづね絵の世界には男も女もない。いい絵とそうでない絵があるだけだっておっしゃっている。京行きがかなわないとしても、ほかの方法を考えるはずだ。どういう気持ちでいるのか、このまま、丸九にいてもらっていいのか、聞きに行った」

沈黙があった。

お桑は上目遣いで作太郎をにらむ。作太郎も口を開かない。

おそらく厳しい言葉だったのだろう。

お高はおずおずと言葉をはさんだ。

「先生はお桑さんが丸九の手伝いをしていることを、なんとおっしゃったんですか？　丸九で働くことが、お桑さんのためになっているのか。絵師として上をめざすのなら、もっとほかにやることがあるのではないか、私はずっと……」

「分かりました。もう、いいです」

お桑はお高の言葉をさえぎると、乱暴に立ち上がった。

くるりと背を向け、立ち去ろうとする背中に作太郎が声をかけた。

「ちゃんと先生の言った言葉を嚙《か》みしめましたか。もっと自分は認められていいはずだ。どうして自分ではなく、あの人なんだ。そういう気持ちに囚《とら》われていたらだめですよ。私も苦しんだし、双鴎先生だってそういう時があった。だけど、その気持ちがお桑さんを縛る。痛めつける。お桑さんの絵を小さく縮こまらせる。……そこから抜け出さないと。伍一の絵は面白い。そう思ったら素直に認めないと。苦しくても、辛《つら》くても、口に出して言ってみるんだ。それが一歩だ」

お桑の背中が震えた。わっと泣きだし、そのまま外に駆けていった。

突然自分の名前が出た伍一は驚いた様子で、お桑の後ろ姿をながめていた。

お桑はその日、仕事を休んだ。けれど、翌朝にはなにごともなかったように丸九で働いた。

三

日差しは相変わらず強いが、空に秋の気配が感じられる昼下がりだった。作太郎とお桑と伍一は絵を描きに行き、厨房《ちゆうぼう》にはお高とお栄、お近の三人がいた。

品川の漁師の四兄弟の下のふたり、幸吉と剛太が連れ立ってやって来た。

「近々、二階の座敷をお願いしたいんだけど、いつだったら空いているかな」

幸吉がたずねた。

「二階で宴会ですね。お祝い事ですか？」

　お高が聞き返した。

「うん、まぁ、そんなもんだ。人数は三、四人ってとこかな。芸者も呼びたいんだ。おぎんさんを、ぜひ」

「はい。おぎんさんですね」

「うん、そうだよ。おぎんさんをお願いしたい」

　幸吉が繰り返す。

「金はあるんだ。だから、おぎんさん」

　剛太が話に割り込んだ。

　お高は顔を上げてふたりの顔をながめた。

「おふたりのほかに、どなたがいらっしゃるんですか？」

「岩生。……あとひとり、だれか来るかもしれねぇ」

　つまり、おぎんを呼びたいのか。

「では、おぎんさんの都合を聞きましょうか。お日にちはその後で」

「ああ、そうだ。そうしてくれるとありがたい」

　幸吉がうなずいた。

お近を検番《けんばん》に走らせておぎんの都合を確かめ、十日後の日取りを決めた。

その間、幸吉と剛太はふたりでこそこそと話をしている。

漁師は遊びも派手だと聞くが、父親の富蔵が目を光らせているせいか、幸吉も剛太もその点はおとなしい。漁に出ない日に男同士集まって酒を飲むのがせいぜいだ。

ふたりが帰ってお高が厨房に戻ると、お栄とお近がにやにやしながら待っていた。

「つまり、岩生って若いやつがおぎんさんに惚れたんだね」

「そうだよ。そうに違いない。このあいだもずうっとおぎんさんの顔を見ていたもの。ひげ面のざんばら髪の鬼瓦《おにがわら》みたいな顔でさぁ」

「お近ちゃん。お客さんのことを、そんなふうに言ったらだめ」

「はぁーい」

お近は仕事に戻ったが、お栄は暦を取り出した。

「十日後っていうと……、お高さん、大安ですよ」

「あら」

お高もなぜだかうれしい気持ちになる。

「富蔵さんに見込まれたってことは、その岩生って漁師もいずれは自分の船を持って稼ぐんでしょうかねぇ。悪い話じゃないですよ」

お栄は勝手にどんどん話を先に進める。

「料理はなにがいいかしら」

「そりゃあ、鯛に伊勢海老《いせえび》、あわびってところですかねぇ」

「魚は富蔵さんのところにおまかせすればいいんだものね」

お高も話にのってくる。


お近はひとりで裏口から外に出た。

初花から話を聞いているから、おぎんとあの純朴そうな岩生がうまくいくとはとても思えない。期待をもたせるだけ岩生が気の毒ではないか。

小さな裏の空き地のかえでの木の下に、お桑が座っていた。懐から例の盃《さかずき》を取り出してながめている。

「三つある盃のひとつが油問屋の善四郎さんからあたしのところに。もうひとつは、占い師でしょ。三つ目はどこにあるのかね。なんとなくあたりはついているんだけど」

お桑はひとり言のようにつぶやいた。

お近はどきりとした。自分が持っていることを知られたのかと思った。

「だれ？」

「たぶん……玉七」

「えっ、幇間の玉七？」

思いがけない言葉だった。

「そう。あの男、昔、舶来物を扱う店を持っていたんだって。時計とか、眼鏡《めがね》とか、なかなか手に入らない南蛮《なんばん》のめずらしいものばかりを集めて金持ちに売るの。偽物をつかまされたのがつまずきのはじまりで、最後は乞食みたいに暮らしていたんだって。遊び尽くした人がどん底に落ちて、最後に行きつく仕事が幇間らしいよ」

「どこで聞いたの、その話？」

お近は用心深くたずねた。

「風呂屋。隣の人が話しているのを聞いた。どこかのお店の人ともめたんだって。名前は言ってなかったけど、なんとなくそうかなって思った」

お桑は苦く笑って、そっと盃をなでた。

「三つ目の盃には四角錐《しかくすい》が描かれていた。底が真四角で脇は正三角形。双鷗画塾にいたとき教えてもらったんだけど、南蛮人はその形が好きで、その形をしたおっきな天子様の墓もあるんだって。そのことを思い出した。だから、あの日、あの男はあたしにからんだんだよ。お前にはふさわしくないって言いたかったんじゃないの？」

――身の丈に合わない運を手にすると不幸せを呼び寄せちまうんだ。

「玉七さんは、身の丈に合わない運だったのかなぁ」

それで古道具屋に売っ払ったのだろうか。

お近の頭はくるくると回った。

「どうだろう。でも、結局、盃は関係ないんだよ。考えてごらんよ、こんなちっぽけな盃ひとつで人の運命が変わるわけないいじゃないか。そうなるべき人間が運をつかむ。そういうことさ」

「お桑さんはどっちだと思うの？」

「あたしもここまでだね。伍一ちゃんにはあるけれど、あたしにはない」

突き放したような言い方だった。

四

村上座の芝居『奥州白雲鑑《おうしゅうしらくもかがみ》』の初日が近づいてきた。久しぶりの新作、人気役者が顔をそろえるとあってすでに話題になっている。

いつものように丸九にやって来た惣衛門や徳兵衛、お蔦も楽しみにしていた。

「すごい人気だねぇ。うちのかみさんも観《み》に行きたいって言っているよ」

徳兵衛がうれしそうな顔でお高に伝える。

「お宅もですか。うちもですよ。だけど、かみさん連中はそのお仲間で行くんじゃないんですか。そのほうが楽しいんだって言ってましたよ」

惣衛門もうなずく。

植木屋の棟梁《とうりょう》、草介の母親のお種《たね》が生け花を教えていて、徳兵衛や惣衛門の女房たちが習いに行っている。生け花は口実で集まっておしゃべりを楽しむ会で、そのお仲間で芝居見物の話がまとまったのだ。

「お高ちゃんたちはもちろん初日に行くんでしょ」

「ええ、そのつもりなんです。小屋主の吟十郎さんが席を用意してくださるというので」

「そうか。そりゃあ、楽しみだねぇ。楽屋見舞いはなにを用意するんだい」

お蔦がたずねた。

「楽屋見舞い……ですか」

お高は首を傾《かし》げた。

「あれ、楽屋見舞いを知らないか。席を用意してもらったら、ありがとうございますって楽屋に差し入れをするもんなんだよ。酒とか、金子《きんす》とかね」

「そういうものなんですか」

「なんだ、世間知らずだねぇ」

お蔦は困った顔になった。相場は席と同額くらいであるという。そんなことはつゆ知らず、前に誘ってもらったときは自家製の佃煮《つくだに》を手土産にしただけだった。

「あはは。それはちょいと、まずかったなぁ。向こうはうまいものを待っていたかもしれねぇぞ」

徳兵衛がここぞとばかりにはやしたてる。

お高は頬を染めた。なにを着ていくかと自分たちのことばかり考えて、そこまで気がまわらなかった。

「いやいや。大丈夫ですよ。今回挽回《ばんかい》すれば……」

惣衛門がなぐさめ顔になった。

お高が厨房に戻ると、作太郎がやって来たところだった。

「外にもいい匂いが流れていたよ。丸九はだしの香りが特別だね」

のんきそうな顔を見て、お高は少し腹を立てた。

「作太郎さん、楽屋見舞いの習いをご存じでしたか」

「ああ、そうだね。芝居小屋に楽屋見舞いはつきものだ。村上座の楽屋に行くと、いつもうまそうなものがおいてある」

「どうして、それを教えてくれなかったんですか。この前は佃煮しか持っていかなかったでしょ」

「飯が進むって喜んでいたよ」

「だから、そうじゃなくて……」

お高はむくれた。気がまわらなかったお高が悪い。しかし、芝居小屋の習いに通じている作太郎がひと言教えてくれてもよかったではないか。

雲行きが怪しくなったのを察して、お栄とお近、お桑は気配を消した。伍一は変わらず自分の手元に集中している。

「だったら今回は尾頭つきの鯛とか、煮しめとか、いろいろ持っていけばいいじゃないか。芝居がはねたあとはたいてい宴会になるから」

なにを気にしているんだという顔で作太郎が答えた。

作太郎は世間の習慣や決まりごとに頓着しない。それが育ちのよさから来るのか、絵描きという仕事柄なのか分からないが、そのことが気の利くよい女房でいたいと思うお高をつまずかせる。

ともかく、お高は機嫌を直した。


そんなことがあったが村上座の初日には早めに店を閉め、お高たちはそろって人形町の村上座に向かった。

前日に髪結いを頼み、薄化粧をしている。お高は翡翠《ひすい》色の着物で作太郎は薄茶の子持ち縞の夏着物。それぞれに身なりを整えた。

楽屋見舞いは鯛の塩焼き、重箱にえびの含め煮、あわびの姿煮、錦《にしき》玉子に煮しめと赤飯である。裏方も入れるとそれなりの人数なので、たっぷりと用意をした。

早じまいしたとはいえ、いつもどおりに朝から店をやり、着替えや化粧をして店を出るまでかなりあわただしかった。道の先にやぐらをのせた芝居小屋が見えてくると、お高の心もはずんできた。

「ねぇ、作太郎さん、ずいぶん人が増えてきたみたいよ。みんな村上座に行くのかしら」

「そうとは限らないよ。このあたりはいつも人でいっぱいなんだ」

「楽しみですよねぇ。作太郎さんのおかげで、あたしは芝居ってもんを観ることができましたよ」

お栄が喜ぶ。

「そうだねぇ。拍子木が鳴って幕が上がると、胸がどきどきしてくるよ」

お近も目を輝かせる。

「伍一ちゃんの絵も見どころなんですよね。どんなふうに飾られているのか、それを見るのがあたしは楽しみです」

そう言ったのはお桑だ。

「へぇ。あんたがそんなことを言うのかい。驚いたねぇ。あんたは他人のことなんか、どうでもいい人だと思っていたよ」

お栄が驚いたように言った。

「これからはいいものはいいと、ほめることにしたんです。伍一ちゃんの絵はあたしのめざすものとは違うけれど、いい絵です」

お桑は少し苦しそうに、けれど、きっぱりと言った。

ねずみ木戸を通って芝居小屋に入ると、正面の目立つところに伍一の絵が飾ってあった。

ぱっと目をひくのは、土蜘蛛《つちぐも》の技を使う藤原秀衡の腰元お槌である。左腕に源義経の幼い息子の千歳丸を抱き、右手をぐっと前に突き出している。その指先から何百、何千という白い土蜘蛛の糸が飛び出して四方八方から襲いかかる追手にからみつく。追手たちは土蜘蛛の糸に首をしめられ、刀を奪われ、宙に浮かび、投げ出され、さんざんな目にあっている。

勇ましい場面なのだが、子供らしい伍一の絵だからなんともいえないおかしみがある。

「へぇ、こういう場面があるんだね」

お栄が感心したように声をあげた。

「しかし、伍一も本物を見ないでよくここまで描いたよ」

あらためて感心したように作太郎が言った。

「見て描いたんじゃないの？」

お近が声をあげた。

「そうなんです。稽古場をのぞかせてもらったときは、まだ役者さんは化粧もしていないし、浴衣姿でした」

お桑が伝える。

「でも、稽古の様子を見ていたらなんとなく分かったんだ」

伍一が恥ずかしそうに言った。

お高たちが伍一の絵に見入っていると、ほかのお客たちも次々に集まって絵を見上げた。

「派手な立ち回りがあるんだな。面白そうじゃねぇか」

「楽しみだなあ」

そんなことを話し合っていた。


吟十郎は花道に近い平土間を用意してくれていた。お栄やお近たちは先にそこに座り、お高と作太郎は重箱を持って楽屋に挨拶に行った。前回来たときは、作太郎だけが挨拶に行ったが、今回はお高もいっしょだ。

楽屋の一階は馬の脚や台詞《せりふ》のない役者たちの部屋、中二階は女形、三階は男役を演じる立役《たちやく》と分けられている。作太郎は慣れた様子で三階に行き、村上座の座長であり、看板役者の市村菊団次《いちむらきくだんじ》の名前が染められたのれんをくぐった。

吟十郎と話をしていた菊団次が振り返った。

「いやぁ、初日おめでとうございます」

作太郎が親しげに声をかけると、菊団次も笑みを浮かべる。

「いや、作太郎さん、こちらこそありがとうございます。おかげさまで前評判も上々ですよ」

『四谷怪談』で伊右衛門に扮《ふん》していたときはぎらぎらとした悪の匂いをまとって舞台に立っていたが、この日は朴訥《ぼくとつ》な田舎《いなか》の木こり役である。顔を黒く塗り、粗末な着物の菊団次はおだやかな目をしている。しかし、後半、「我は源義経の家来、常陸坊海尊である」と登場するときは、顔も白く塗り、華やかな着物に代わる。脇の衣紋《えもん》掛けに用意されているのは、作太郎が描いた荒海のような濃い青に白く波のしぶきが舞っているものだ。

そのとき、主人公のお槌を演じる女形の松島雪之丞《まつしまゆきのじょう》が入ってきた。継ぎのあたった質素な姿であるが、ほんのり紅をさした細面の顔は一瞬息をのむほど美しい。

お高が楽屋見舞いの重箱を差し出すと、吟十郎、菊団次、雪之丞はとても喜んだ。

「いやぁ、これはうまそうだ。聞いてますよ。おかみは英の板長をつとめた男の娘さんなんでしょ。丸九さんはよそとは違うって」

吟十郎が目を細める。

「ああ、若いもんにこんな贅沢《ぜいたく》を覚えさせたらいけない。あいつらは赤飯だけで十分だ」

菊団次が冗談めかして言う。

「兄さん、芝居のほうが落ち着いたら、一度丸九さんにお邪魔させてもらいましょうよ。ねぇ、そうしましょ」

菊之丞が流し目で誘う。

「ぜひ、お待ちしていますよ。しかし、みなさんがいらっしゃると知ったら、ご贔屓《ひいき》の若い女の方たちが店の前に押しかけそうだ」

作太郎も楽しそうに語る。

楽屋には大きな神棚が祀《まつ》られ、鳥越《とりこえ》神社の熊手が飾られ、部屋の隅の一段高くなったところにはいろりが切ってあった。

「楽屋は初めてですかね」

吟十郎がお高に声をかけた。

「はい。いろりに火が入っているんですね」

「そうですよ。役者はこの楽屋で化粧をして衣装をつける。役になりきるというのは、神さまに変わることなんです。だから楽屋には魔除《まよ》けのためのいろりの火を絶やさない」

菊団次が言って作太郎がうなずく。

「舞台の上で殺し合いもすれば、恋の道行きも。幽霊や物の怪《もののけ》だって出てくる。情けも恨みも憧れも、人の世のすべてを見せてくれるのが芝居ってもんだ。役者は舞台に立つのが冥利《みょうり》。板の下には地獄もあるんだ」

雪之丞が教えてくれた。

客席に戻ると、すでにお客は七分通り入っていて、お栄やお近たちも席についていた。栈敷《さじき》席には惣衛門や徳兵衛の女房たちが陣取っている。お高の顔を見て、にこやかに会釈を返してきた。

幕が上がると、山の中の一軒家。お槌に扮した雪之丞は木こりの嫁となり、幼い息子、実は千歳丸とともに暮らしている。亭主というのが菊団次で、仲間内では人がいいだけのうつけと思われている。この家には舅姑《しゅうとしゅうとめ》もいて、姑は嫁であるお槌をいじめるのである。

女たちの大好きな嫁いびりがあり、耐えるばかりのけなげなお槌の姿が観客の心をゆすぶる。

そんなことをしているうちに、姑はふとしたことからお槌とその連れ子の正体を知る。褒美欲しさに役人に密告するのである。

怒濤《どとう》の二幕では、この家に追手がやって来る。

最初は言い逃れしようとしたお槌だが、それが難しいと知ると、華やかなお女中姿となっての立ち回り。追い詰められて姿を消したと思ったら、白い土蜘蛛の姿となって、花道のすっぽんから姿を現した。

観客から「わぁ」という歓声があがった。

頭をめぐらせると、白く長い髪が渦を巻く。さっと手を振れば、そこから土蜘蛛の糸がのびる。追手は糸に操られ、たちまち床に倒れ、もがきはじめる。同士討ちをはじめ、尻もちをついて笑わせる。

胸のすく活躍なのだが、なにしろ敵は次々とやって来る。義経の幼い息子、千歳丸を守らなくてはならない。さすがのお槌も疲れてきて、形勢は危うくなる。

あわやというときに、うつけと思われていた亭主である菊団次が「我こそは常陸坊海尊である」と正体を明かし、お槌を助けるのだ。

そういうことなら、もっと早く助けに来いと思うが、そこは物語である。ぎりぎりまで、正体を明かさないことになっている。ともかくも雅《みやび》な狩衣《かりぎぬ》姿の菊団次はりりしく、美しい。

ふたりして戦うが、ついに雪之丞は白い衣装を血に染めて倒れ、菊団次も追い詰められ、捕らえられる。

万事休すと思ったそのとき、追手の長である梶原景時《かじわらかげとき》が登場する。舅が、この子は千歳丸ではなく、亡くなった娘の子供だと言いだす。景時は嘘と知りつつ千歳丸を舅に返す。舅は千歳丸を抱いていずこかへと逃れていく。

観客は千歳丸の命が助かったことに安堵《あんど》し、お槌と常陸坊海尊の哀れに涙するうちに幕となる。

「はあ、よかったですねぇ」

お栄は大きなため息をついた。舞台に見入っていたから、肩にも腕にも力が入って疲れてしまったのだ。

「土蜘蛛となって戦う場面は伍一ちゃんの描いた絵、そのものだったわねぇ」

お高は感心した。

「ああ、そうだなぁ。伍一はここへ来て腕をあげたな」

作太郎にほめられて伍一は照れた。

表に出ると、遅い夏の夕暮れが広がっていた。

「よし、みんなでそばでも食べて帰るか」

作太郎が言い、伍一が歓声をあげた。

作太郎を先頭に歩く。後ろについたお栄がつぶやいた。

「おぎんさん、来てましたねぇ」

「お客さんといっしょだったわねぇ。たしか土佐屋さん」

「玉七のやつも後ろにいましたよ。ちゃんと、おいしいところは取る男なんですねぇ」

お栄が少し憎らしげに言った。

「そりゃあいるわよ。幇間は仲を取りもつのが仕事だもの。上手に間を取りもつのよ。お芝居だってただ見ているんじゃないわよ。これをお座敷で面白おかしくしゃべるのよ」

お高がたしなめた。

お近はめずらしくだまって歩いている。

芝居の筋は二転三転。味方と思った者が敵になり、敵が味方になってくる。お近はそれらを見ながら、初花の言葉を思い出していた。

――あたしたちの嘘と真は紙の表と裏みたいなもんなのよ。

玉七がおぎんを想っているというのは、本当なのか。土佐屋を持ち上げて悔しくはないのか。それが幇間という仕事なのか。表と裏がくるくる回って今はどちらを見せているのか。そもそも、盃は玉七のものだったのか。

お近の胸に、あれこれと思いが浮かんで消えた。

五

岩生の宴《うたげ》の日が近づいてきた。

作太郎は品川の漁師をもてなすのなら漁師料理だと言った。

「ちまちました料理じゃなくて。頭から尾まで、どんと大きくて、魚のおいしさを存分に味わえるものだ」

「じゃあ、かさごの丸揚げはどうですか？　からりと揚げて骨まで食べられるようなもの」

お高が思いつく。

「いいなぁ。口がかっと開いているのがいいよ。それから、すずきの焼き霜造りはどうだろう。皮にまっ赤に焼いた金串《かなぐし》をあてて焦げ目をつけるんだ。焦げ目が美しい模様になる」

作太郎が声をあげる。

「ご飯はあさり飯でいいでしょうか。あさりのむき身をたっぷりと入れて」

「あさり飯は深川だよ。品川ならのり茶漬けだ」

品川はのりの名産地だ。乾のりが広まったのは、品川の漁師が養殖法を発明し、各地に広がったからだといわれる。

それに定番のふわふわ玉子、ぬか漬け。甘味は紅色に染めた白玉。

「だって品川といえば、春は桜で秋は紅葉《もみじ》じゃないですか」

お高もここは譲らない顔である。

「岩生さんの着物はどうしますかねぇ。あのまんまってわけにはいかないでしょう」

お栄がたずねた。

「そうねぇ。体つきがしっかりしているから、着映えがするわ。困ったときは、おりきさんかしら」

「声をかけてみますよ」

お栄からおりきに話を持っていくと、ふたつ返事で受けた。そして、なぜか、ぐるりと回って玉七が面倒を見るということになったのである。

「おりきさんから頼まれてきたんですけれどね」と玉七がやって来たので、お高もお栄も驚いた。言葉にこそ出さないが、一番驚いたのはお近である。

「おや、あんたが岩生さんのお支度をしてくれるのかい」

お栄はちろりと横目で見た。

「へぇ。おりきさんのご亭主、鴈右衛門《がんえもん》さんには日ごろからお世話になっておりやすから。事の仔細《しさい》はおりきさんからうかがいやした。おぎんさんに伝えてはいませんが、阿さ川のおかあさんのお耳にはそれとなく入れておきました。とても喜んでいましたよ。いいお話になるよう精一杯つとめさせていただきやす」

玉七は殊勝な様子で頭を下げた。

お近はまじまじと玉七の横顔を見つめた。

嘘も真ものみこんだ老練な幇間の顔をしていた。


この話は阿さ川のおかあさんの口から、おぎんだけでなく置屋の女たちに伝わり、それはすぐにあちこちに広まった。当然、話には尾ひれがつく。

おぎんに品川の若い漁師が惚れた。妾《めかけ》ではない。ちゃんとした女房である。

網元の息子でまじめで働き者。自分の船も持っている。年はおぎんより三つ上。

その噂を初花から聞いて、お近は目を丸くした。

「違うよ、岩生さんは船なんか持っていないよ。富蔵さんの手伝いをしているだけだよ」

「いいじゃないの。それでおぎん姐さん、前にもまして忙しくなっちまった」

「そういうものなの？」

そこがお近にはいまひとつ分からないところだ。

「当たり前じゃないの。品川の漁師の嫁さんになったら、おぎん姐さんの顔を見られない。あたしは、姐さんたちの話を聞いていて分かった。やっぱり、人の女房になるのが芸者の『上がり』なの。ふだんはそういう噂話に耳を貸さない姐さんたちの目の色が変わったわ」

双六《すごろく》の上がり、つまり到達点のことである。

「そんなにいいかなぁ。剛太から話を聞いているけど、品川の漁師のおかみさんたちは口も達者、手も達者だから嫁にいったら大変そうだよ」

かつてお近と剛太をあらそったおかねという娘は、あっさり剛太の兄の幸吉の嫁になった。夜明け前、亭主を送り出したら子供を背負って掃除洗濯、その後海苔《のり》問屋の手伝いに行く。昼には家に戻って亭主の飯と酒の支度をする。一日中、くるくる働いているらしい。

そのことはまだいい。

問題は近所付き合いだ。隣近所も同じように品川で生まれ育ったかみさん連中である。芸者だった女をおいそれと受け入れてくれるだろうか。

「あたしもそう思うけどね。なんだか、富くじを当てたような話になっているのよ。結局、人間って手に入らないものを欲しがるんだわ」

踊りや三味線の腕があって、時にはひと晩でお近の三月《みつき》、いや半年分もの金を稼ぐ。だれに頼らず女ひとりで生きていけるのが芸者だ。どうして、そんな暮らしを簡単に手放そうというのか。

「芸者がちやほやされるのは若いうちだもの。いい時に身の振り方を考えておかないとね。おぎん姐さんもそこは思案のしどころなのよ」

初花は大人びた調子で言い切った。

玉七は着々と岩生の支度を進めていた。

岩生同様野暮天の、いや、真っ正直な幸吉と剛太ではらちが明かない。相談するのは、もっぱらお高となった。

　その日も、昼下がりに丸九にやって来た。

「着物と髪結いには話をつけてありますよ。先日、こちらでちょっとお話しさせていただきましたけれど、まじめないいお人柄です。体つきもしっかりとして、お顔立ちも男らしい。ですからね、妙に粋《いき》に転がらないで、むしろこう、もの慣れない感じにしたいと思っているんですよ」

　風呂敷包みから何枚かの着物と羽織を見せながら言った。いずれも上等な品物である。だが地味である。

「なんだか野暮ったいねぇ。あたしでも、これぐらいは集めてこられそうだ」

　お栄がちらりと意地の悪いことを言う。

「こんなことを言わせていただくのもなんですけれどね、あたしらは毎日、粋がったお方のお相手をしております。もう、粋も流行《はや》りも飽き飽きしているんですよ。そりゃあ、こちらも商売ですから、そういうお客さまは大事にいたします。でも、今回は、そういうお話じゃあない」

　まっすぐお高の目を見た。

「先方さまもそれなりの覚悟でいらっしゃるんでしょう。おぎんさんも、同じだと思いますよ。二度はない。ひと晩かぎりのお話でござんす」

お高もちいさくうなずく。

「そうね。お願いいたします」

富蔵一家が朝餉を食べに来た日、お近は帰りがけの店の外まで剛太を追いかけ、腕をぐいとつかんだ。剛太はぎょっとした顔でお近を見た。

そのまま腕を引っ張って脇の路地に行った。

「な、なにするんだよ」

「なんにもしないよ。あのさ、ひとつ、聞きたいんだけどさ。岩生さんはどういう気持ちでおぎんさんに会うわけ？」

「そりゃあ、おぎんさんが忘れられないからもう一度、会いたいってことだよ」

「会って、それから？」

「それからって？」

「その後だよ。これからもときどき会いたいとか」

「だって、おぎんさんは雲の上の人だよ。岩生だって手の届かない人だって知っている。だけど一度でいいから、おぎんさんの踊りを見たい、会って話をしたいって言うから」

「世間じゃ、岩生さんはおぎんさんを女房にする気だって話になっているよ」

剛太の目が大きく見開かれ、飛び出しそうになった。

「えっ、そんな話になっているのか？　違うよ、違う。そんな大それたこと考えてないよ。……まずいよ。そんな噂が親父《おやじ》の耳に入ったら岩生は親父に殺されちまう。半人前のくせになにを考えているんだって海に蹴落《けお》とされるよ」

のどから絞り出すような声である。

「なあ、どうしたらいい？」

「こっちが聞きたいよ。今さらやめますとは言えないよ」

お近はほとほと呆《あき》れて剛太を見た。

そんなことではないかと思っていたのだ。

剛太も幸吉も岩生も根っからの漁師である。魚のことはともかく、世間のことにはまるで疎《うと》いのだ。

お近は悶々《もんもん》としてしまった。

自分ひとりで抱えるには重すぎる。

しかし、お高たちはすっかりその気になっている。料理はもちろん、岩生の着物の手配までしてその日を待っている。なんとかして、いい話にまとめようと思っているのだ。お高やお栄のうれしそうな顔を見ると、とても言いだせない。

だが、初花に伝えたら阿さ川のおかあさんの耳にも入る。芸者仲間にも広まる。おぎんの面目は丸つぶれである。

悩んでいるうちに日ばかり過ぎていく。

そんな折、初花がまた、新しいことを運んできた。

「おぎんさんをつけ回す男がいるらしい。妙な文《ふみ》が来たんだ」

朝の忙しい時間にやって来て、お近の袖をつかんで耳打ちしたのだ。早口で顚末《てんまつ》を教えてくれた。

一昨日《おととい》の晩、お座敷を終えたおぎんの袖に文が入っていた。

開くと乱れた字でなにか書いてある。その文字がおどろおどろしく、まがまがしく、ともかく尋常ではない。「裏切り」とか「怨」という字がかろうじて読めた。

その場にいたのは初花と玉七で、あわてて検番に行き、さらに阿さ川のおかあさんにも話をした。

芸者に横恋慕する話はときどきある。後をつけ回す、つけ文をする、なかには乱暴を働こうとする者もいる。芸者に「いい人が出来た」という噂が立ったときがことに危ない。

昼過ぎ、いつもの甘味処《どころ》でさらにくわしい話を初花は聞かせてくれた。

「こういう文を書く相手はふた通りあるの。ひとつは、本人も覚えていないほど遠い人。もうひとつはとても近くて、まさかという相手」

初花は顔を近づけ、声を低めて言った。あんたも知っている男だよという顔をしていた。

「だれ？」

恐る恐るお近はたずねた。初花の顔がすぐ近くにある。つるんとした白玉がのどにつかえそうだ。

「阿さ川のおかあさんは『玉七に気をつけな』って言った。だって、おぎん姐さんのそばにいたのは玉七さんだもの」

「いや、だけど……。玉七さんは岩生さんの着物の世話をしてくれているんだよ。だいたい、そんな、すぐ分かってしまうようなことを、あの玉七さんがするかな」

「人を好きになるっていうのは、すごいことなの。とんでもないことが起こるのよ」

それから、初花は花街に伝わる恐ろしい話を聞かせてくれた。板前に出刃包丁で斬られた若おかみ、井戸に投げ込まれた芸者。女同士の争いで顔に焼け火箸《ひばし》をあてられた者もいる。

初花は見てきたように微に入り細にわたり語った。

お近は背中が寒くなり、胃の腑《ふ》が縮んできた。

『四谷怪談』はお芝居だ、絵空ごとだと思って安心して楽しんでいたら、後ろに本物のお化けが立っていたような気がする。

「品川の漁師さんたちの宴だけれど、おぎん姐さんと玉七、お三味線の姐さんが行くことになっているでしょ。阿さ川のおかあさんが、あたしにもついて行きなさいって言うの。花代はおぎん姐さんひとり分でいいから。そのことを、おかあさんからお高さんに伝えると思うわ。玉七さんのことはふたりの内緒ね」

「うん、分かった」

お近はなんどもうなずいた。

宴の日となった。

富蔵はとびきり立派なかさごとすずきを届けてくれた。

「今日も宴会か。うまいぞぉ、この魚は」

上機嫌で言った。後ろで岩生と幸吉、剛太が体を小さくしている。幼なじみの祝言に呼ばれていると嘘をついているのだ。

朝餉のあと、富蔵と鉄平、勇次は帰る。残った岩生たちは風呂に行き、髪を結い、玉七の用意した着物に着替える。

秋空に陰りが見えたころ、玉七に案内されて三人がやって来た。

「まぁ。いい男ぶりですねぇ。お似合いになると思っていたけれど、これほどとは思いませんでしたよ」

お高が声をあげた。

「さすがだねぇ」

お栄も見惚《みと》れている。

三人ともひげをあたり、鬢付《びんつ》け油が匂うような銀杏髷《いちょうまげ》に結っている。岩生は日に焼けた顔の太い眉毛とぐりぐりと動く大きな目が強い気を発していた。太い首と盛り上がった肩、厚い胸板の大きな体に海老茶の格子の着物と太縞の長羽織をまとうと、粋でいなせなどこぞの若親分、あるいは若棟梁のようだ。

網元の息子で船持ちだと言われたら、だれもが信じるだろうと、お近は思った。

「着なれねぇ格好だから、恥ずかしいよ」

白い歯を見せて岩生が照れた。その顔は幼さを残してかわいらしい。

二階に上がって玉七が相手をして酒がはじまった。

厨房はとたんに忙しくなった。

作太郎はふわふわ玉子の支度をはじめる。お高はすずきの焼き霜造りにとりかかる。

焼き霜は金串をまっ赤に焼いて、さばいてサクにしたすずきの皮目に焦げて煙があがるまで押し当てるのだ。冷たい井戸水に浸して粗熱をとり、さらし布で水気をぬぐって、少し厚めに切る。香ばしく焦げた皮が新鮮な刺身のうまみを引き立てる。

お高がわかめをつまにして器に盛りつけ、お近が二階に運んでいった。

さっそく箸をつけた剛太が歓声をあげた。

「こりゃあ、うまいや。そうか、二階に来るとこういう料理が食えるのか」

幸吉も目を細める。

「俺たち朝餉ばっかりだけどさ、たまにはここで夜のお膳も食わなくちゃだめだよなあ」

岩生だけが固くなって座っている。

「今からそんな調子じゃや、もちませんよ。じゃあね、ちょいと踊りからいきましょうかねぇ」

玉七が立ち上がり、ひょいと黒の着物を脱いで派手な長襦袢《ながじゅばん》姿になった。赤や緑、黄の入った魚が泳いでいる。

「今日は品川の漁師さんをお迎えするんでね、鯛や平目の舞い踊りをお見せしやす」

トトチントンシャン。

口三味線で踊りだした。

ひらひら、くねくねと体を揺らし、海へびになったり、たこになったり、逃げる小魚になったりする。

「きれいなのは元禄鯛。だけど、こいつは煮ても焼いてもうまくない」

すぼめた口を突き出して滑稽《こっけい》な仕草になったので、さすがの岩生も笑いだした。

「ああ、やっと笑ってくれた。いいお顔だ。千両役者も顔負けだ」

さらりと持ち上げる。

お近は料理を運びながら、玉七の様子をそっとうかがった。

玉七はおぎんに惚れていると聞いたけれど。

だからといって妙な文を送りつけたことにはならないだろう。

でも、おぎんの袖に文を入れられるひとりが、玉七でもあるわけだし。

三つ目の盃が玉七のものだったとして、それを古道具屋に売るというのは、なにか気持ちの変化があったということか。

もやもやしてきた。

いや、大事なのはそこではない。のんきに喜んでいる剛太たちだが、もうじきおぎんがやって来る。お高たちも期待している。噂好きの芸者たちも待っている。いったい、どこにこの落としどころを見つけたらいいのだ。

心《しん》の臓がどくどくして苦しくなった。

ほどなくしておぎんと初花、三味線の姐さんがやって来た。

「本日はお声をかけてくださりありがとうございます。精一杯つとめさせていただきますので、よろしくお引き立てくださいませ」

華やかな声で挨拶をする。

すぐに陽気な三味線が鳴って「さわぎ」が始まった。次々とにぎやかな曲が続く。最初は耳まで赤くなってうつむいていた岩生だが、初花が人なつっこく話しかけ、玉七が仲をつなぎ、おぎんが笑いかけるとすっかり調子を取り戻した。

厨房では、かさごの唐揚げにかかっていた。えらやわたを取り去った一尾丸ごとのかさごに粉をまぶし、たっぷりの油で揚げる。シャーンと勇ましい音とともにふわーっと泡が沸き上がって、かさごはかっと口を開いた。口を開くのは鮮度のよい証拠である。

骨まで食べられるよう二度揚げし、熱々のところを運んでいく。

酒も好きだが、やはり食べるほうが一番であるらしく、剛太も幸吉も岩生もかぶりつき、頬張った。カリカリ、バリバリ、むしゃむしゃと魚は三人の口の中に消えていく。気持ちのいいほどの食欲である。

「姐さんは食べないのかい」

ふと顔を上げて岩生がたずねた。

「芸者はお客の料理に手を出さないのが決まりなんですよ」

おぎんが答えた。

「そうかぁ。じゃあ、今度は芸者でないときに会ってくれ。うまいもんをあんたにも食べさせたいから」

岩生は大きな声で、晴ればれとした顔で言った。おぎんは一瞬はっとした顔になり、次に声をあげて笑った。

座敷の決まりごとなど、なにも知らず、思ったままを口にした。素直でまっすぐな言葉だった。

「うれしいねぇ。そんなことを言ってもらったのは初めてだよ」

それからおぎんが踊り、初花が唄い、玉七が襖《ふすま》一枚を使って、旦那と幇間の一人二役を演じるという芸を見せた。その後は、「きつねと猟師」で遊んだ。狐拳《きつねけん》とも呼ばれる、狐、猟師、庄屋の三すくみの拳遊びだ。

剛太と幸吉は声をあげて夢中になった。

幸吉は女房子供がいるのに、言うこともやることも剛太と同じくらい子供っぽいのである。

「なんだよ。また、やられちまったよ」

「幸吉さんは顔に出るんですよ」

「あはは。兄ぃは正直もんだからなぁ」

お座敷遊びというより、幼なじみが夏祭りで会ったような様子になった。剛太も幸吉も勢いあまって初花やおぎんの袖をつかんだり、肩に触れたりする。それは、大人の男たちとはまるで違っていた。

丸九に来る大人の男たちはお近の肩や頭に触れる。親しみをこめた挨拶のつもりらしい。それとも、八百屋の店先で西瓜《すいか》を叩《たた》くのと同じ、なにげない仕草なのか。芸者に触れるのは野暮といわれるからしないのに、自分だったらいいのか。お近は見下げられているような気がしていた。

岩生は声をあげて愉快そうに笑ったけれど、初花にもおぎんにも触れなかった。髪の毛ひと筋も触れてはいけないと心に決めているようだった。

その晩はお開きになった。

「いやぁ、楽しんだ、楽しんだ。飯もうまいし、酒もいい。おぎんさんにも会えた。こんな幸せなことはない。こんな気持ちのいい晩は生まれて初めてだ」

岩生はていねいに礼を言った。

おぎんと初花が丸九を出たときだ。

「おい、おぎん」

店の脇の暗がりから、ぬっと男が姿を現した。ひどく酔っていた。ひげ面で髪も乱れ、泥で汚れた着物を着ていた。

「失礼ですが、どなたさんでござんすか」

おぎんは落ち着いた声を出した。

「お前が知らなくても、俺はお前のことをよぉく知っているんだ。文の返事がねぇじゃねえか」

「……どの文でござんすか」

おぎんは慎重に言葉を選んでたずねた。その声が震えている。

男の目がすわっている。顔色は茶色で全身から嫌な臭いをさせていた。腐った水たまりの泥のような嫌な臭いだ。それは、離れたお高のところまで届いた。

お高が声をあげようとしたとき、作太郎が肘《ひじ》をつかんだ。

男が一歩前に出る。ずりりとおぎんは後ろに下がる。初花は恐ろしさに声も出ない。

「お客さん。どうかしましたかい」

ひょいとおぎんの前に出てきたのは玉七だった。

「なんだ、おめぇ。関係ないやつは、すっこんでろぃ」

「いやあ、お久しぶりでござんすねぇ。玉七ですよ。お忘れになっちゃ嫌ですよ、旦那。いつもご贔屓を賜っていたじゃないですか。旦那の顔を見ないと玉七は淋《さび》しくって夜も眠れない。涙で枕をぬらしていますよ」

「おい、どけ」

男が怒鳴った。右腕を懐に入れた。刃物を持っているらしい。

「旦那。ここは天下の往来ですよ。あっしはともかく、芸者に向かって乱暴な口をきいちゃいけませんぜ。野暮ってもんです」

玉七はするすると帯をといた。生白い体が現れた。手足は細く、腹だけが奇妙にふくらんでいる。

「お詫びの代わりに、あっしがひき蛙《がえる》となりましょう」

地面に座ると、土下座をした。顔に泥を塗り、げこ、げこと鳴きだした。人が集まってきた。ぶざまにぴょん、ぴょんと跳んでみせる。そのたび、生白い腹をふくらませたり、へこませたり。集まった者たちが笑った。

「おい。なにをやっているんだ」

男が前に出ようとするのを、玉七が巧みにじゃまをした。

「このやろう」

蹴り出した足にしがみつく。転がって、すぐに起き上がる。下帯がほどけかかったが、かまわない。ころりと転がり、また起きる。

「玉七さん。やめて、もう、いいから。お願いだから」

おぎんが泣きだした。

それを見た男は激高した。懐に突っ込んだ手を引き抜いた。匕首《あいくち》が月の光にぎらりと光った。

「そこまでやったら、お前さん、島送りじゃすまねぇかもしれねぇよ。それでもいいのか」

すごみのある声だった。

岩生がおぎんの前に立ちはだかっていた。

足袋《たび》はだしでも、太い大きな足指が地面をがっちりとつかんでいるのが分かった。右の手で赤ん坊の頭ほどもありそうな大きな握りこぶしを固め、男に向けている。左にゆったりと伸ばした手はおぎんを守っている。

その手はやっぱりおぎんには触れていない。髪の毛ひと筋も。

その姿を見たとき、お近は胸が苦しくなった。岩生にとっておぎんはそういう人なのだ。金で呼べる芸者ではなくて、守らなければいけない大切な人。

人が人を好きになるというのは、こういうことを言うのか。

「おい。俺たちは品川の漁師なんだ。甘く見るとひでぇ目にあうぞ」

幸吉と剛太も加勢する。

男はこそこそと逃げていった。

おぎんたちは帰り、岩生たちも着替えをすませ、約束していた品川行きの船に乗せてもらうため足早に去っていった。

「あれ、あんた、なんで泣いているんだよ」

お栄に驚かれた。

「怖かったものねぇ」

お高がお近の肩を抱いた。

「うん、うん」

お近は本当のことを言えなくなって、ただうなずいていた。


翌朝、富蔵一家はいつもとまったく変わらない様子で丸九にやって来た。岩生も幸吉も剛太も素知らぬ顔で朝飼《あさげ》をかき込んでいた。

妙な男が現れたせいかおぎんの噂は人の口に上らなくなり、代わって駆け落ち騒ぎを起こした別の芸妓《げいぎ》の話でもちきりになっている。


十日ほど後のことだ。

お近が店の裏に出ると、作太郎が空き樽《だる》に座って一服していた。そこに玉七が通りかかった。

「おや、丸九の旦那さん。今日もまた、ご機嫌がよろしいようで、結構なことでござんすね」

作太郎はにやりと笑って言った。

「この前のおぎんさんの一件、付け文も酔っ払いもお前さんが仕込んだんだろ」

「めっそうもない。どこからそんなことを思いつくんでござんすか、旦那。そんなことはねぇですよ」

「しかし、あの蛙の芸はなかなかのもんだったよ。さすがと思った」

「とんだところをお見せしちまったもんですねぇ。幇間ってのは芸者さんにかわいがられてこそなんですよ。そうでなけりゃおまんまの食い上げだ。だから体を張っても守るもんなんですよ。煮ても焼いても食えねぇ、ただただ、その場のにぎやかし。陸《おか》の元禄鯛が幇間ですからね」

そう言いながら、誘われるままに作太郎の隣に座り、煙管《キセル》に火をつけた。ひと筋の煙がすっとあがり、空に消えていった。

その煙を目で追っていた玉七がひとり言のようにつぶやいた。

「若いころ、算術好きの仲間三人で盃をつくったんですよ。瀬戸物屋に注文して、自分たちの好きな絵柄を染めさせた。ふたりは丸と三角、自分は四角錐、それに算木。

窯元《かまもと》の男が不思議そうな顔をしていたっけ。……それぞれの道で天下取ろうなんて夢みたいなことを言ってね。羽振りのいい時もあったけれど、こっちはつまずいた。そんなもんをいつまでも持っているから、幇間になりきれねぇんだって思って、この間、古道具屋に売ったんですよ。値なんかつきゃしませんよ。だれでもいいから、欲しいって人にやってくれって頼んだ」

「ほう、なかなかできることじゃない」

「まったく。手放すってのは、手に入れるより難しいもんですね。だけど、執着を放さないと新しいものもつかめない。これだけはって後生大事にしていたけれど、もっと早く手放せばよかった」

「そうか」

作太郎はしばらくだまった。

「それはいいことだ。立派だよ。いや、立派だ」

繰り返した。

あの盃はやっぱり玉七のものだったのか。

お近はそっとその場を離れた。

おぎんのところに岩生はときどき、魚を届けているらしい。ぴかぴかと光るいわしや、煮魚がうまいかさごや、脂ののった小ぶりなさばなどだ。ひとり暮らしのおぎんが食べきってしまえるくらい、もらっても重荷にならないくらいの量である。

このごろのお桑は表情が明るい。

「運を運んでくる盃のせいでしょうかね」

お栄が言う。

たぶん違うとお近は思う。お桑もひとつ手放したのだ。伍一や朋輩《ほうばい》への嫉妬《しっと》を。そのことで自分を認めることができたのかもしれない。

お近は玉七の盃を持っている。

玉七が手放したのは昔の夢か、あるいはおぎんへの淡い想いか。

盃を手にして、なにかを得るのだろうか。あるいは手放すのかとお近は自問する。

そもそも、お近に強いなにかがあっただろうか。今日の先に明日があって、それは同じことを繰り返し、淡々と続いていくように思える。

目の先に近所の軒のつばめの巣があった。

巣は空だった。秋つばめが南の国に帰っていったのだ。ついこの間まで巣の中で黒い頭を並べ、おしくらまんじゅうをするように固まって大きな口を開けて餌をねだっていたというのに。

また新しい季節がめぐってきたようだ。

本書は、ハルキ文庫のために書き下ろされた作品です。

時代小説文庫
な 19-10

富《とみ》とふぐ　新《しん》・一膳《いちぜん》めし屋《や》丸九《まるきゅう》㊁

著者　中島久枝《なかしまひさえ》
2025年4月18日第一刷発行

発行者　角川春樹

発行所　株式会社 角川春樹事務所
〒102-0074 東京都千代田区九段南2-1-30 イタリア文化会館

電話　03(3263)5247［編集］　03(3263)5881［営業］

印刷・製本　中央精版印刷株式会社

フォーマット・デザイン＆シンボルマーク　芦澤泰偉

ISBN978-4-7584-4702-7 C0193

http://www.kadokawaharuki.co.jp/［営業］
fanmail@kadokawaharuki.co.jp［編集］　ご意見・ご感想をお寄せください。

時代小説文庫

中島久枝の本

一膳めし屋丸九

書き下ろし

日本橋北詰にほど近い小さな一膳めし屋「丸九」。うまいものを知る客たちに愛される繁盛店だ。「たまのごちそうより日々のめしが体をつくる」と、高級料亭英《はなぶさ》を辞めてこの店を開いた亡き父の教えを守り店を切り盛りするのは、おかみのお高。シリーズ第一巻。

浮世の豆腐 一膳めし屋丸九㈡

書き下ろし

若葉の季節。初物好きの江戸っ子は、初がつおが楽しみだ。「丸九」のおかみ・お高や、手伝いのお近も、かつおが待ち遠しい。そんな折、先代から丸九で働くお栄は、古くからの友達・おりきに誘われ、飲み仲間四人で割符の富くじを買って……。シリーズ第二巻。

杏の甘煮 一膳めし屋丸九㈢

書き下ろし

秋なすや鰈《かれい》がおいしい時季。ある日、ちょっとうさんくさい男が「丸九」にやってきた。男は先代でお高の父である九蔵の下で働いていたというが……。秋が旬の食材で作る毎日のめしには、お高の心模様も表れる。ますますおいしい、シリーズ第三巻。